Madrid Mayo 1994
El Retiro - La Feria del libro.

José Escarpanter

Para Esji, mi amiga, "castillo irreductible" de la lengua española en 1/2 del Mississippi, profesora de español ó transmisora de una cultura vieja o ajena a lo que le rodea por todas partes ahora.

Belcku

CÓMO ELIMINAR LOS ERRORES Y DUDAS DEL LENGUAJE

Prohibida la reproducción total o parcial
de este libro, por cualquier medio, sin previo
permiso escrito de sus editores.

SEXTA EDICIÓN, 1992
© EDITORIAL PLAYOR, S.A., 1985
  Dirección postal: Apartado 50.869 Madrid
  Dirección oficina central: Santa Clara, 4.
  28013 Madrid. Tel.: 541 28 04
  Diseño de cubierta: J. A. Pérez Fabo
  ISBN: 84-359-0388-5
  Depósito legal: M-27.623-1992
  Impreso en España / Printed in Spain
  Gráficas Rógar
  León, 44. Pol. Cobo Calleja
  Fuenlabrada (Madrid)

ÍNDICE

	Pág.
Nota previa	9

INTRODUCCIÓN

Propósito de este libro	11
¿Qué es un vicio del lenguaje?	11
La evolución lingüística	12
Niveles del lenguaje	12
Las normas	13
La clave del éxito	13

PRIMERA PARTE

1. BARBARISMOS

Definición	17
del adjetivo	18
del adverbio	20
del artículo	21
de la conjunción	22
de la interjección	22
del nombre	23
de la preposición	26
del pronombre	28
del verbo	29
Verbos *apretar, asir*	31
Ejercicios	32

		Pág.
2.	EXTRANJERISMOS	
	Definición	39
	Anglicismos	41
	Galicismos	43
	Italianismos	45
	Verbos *balbucir, bendecir*	46
	Ejercicios	47
3.	ARCAÍSMOS	
	Definición	55
	Verbo *abolir*	56
	Ejercicios	58
4.	IMPROPIEDAD	
	Definición	61
	Palabras homónimas	61
	Palabras parónimas	63
	Voces impropias	64
	Verbos *caber, caer*	65
	Ejercicios	67
5.	SOLECISMOS	
	Definición	75
	de concordancia	75
	de régimen (uso de las preposiciones)	76
	de construcción	78
	Solecismos frecuentes	80
	Ejercicios	82
6.	VULGARISMOS	
	Definición	89
	Vulgarismos frecuentes	90
	Verbo *cocer*	93
	Ejercicios	94

SEGUNDA PARTE

7.	OTROS MALES DEL LENGUAJE	
	Anfibología	101
	Verbo *conducir*	103
	Cacofonía	103
	Verbos *decir, dormir*	104
	Monotonía	105
	Verbo *envejecer*	107
	Redundancia	107
	Verbo *haber*	108
	Ejercicios	109

Pág.

8. ORTOLOGÍA
   Definición 113
   Verbo *huir* 114
   Ejercicios 115
9. NORMAS DE ORTOGRAFÍA
   Normas de la B 117
   Verbo *ir* 119
   Normas de la V 119
   Verbo *oír* 120
   Ejercicios de la B y la V 121
   Normas de la X 123
   Verbos *placer, poner* 124
   Ejercicios de la X 124
   Normas de la H 125
   Verbo *roer* 126
   Ejercicios de la H 127
   Normas de la C 128
   Normas de la S 128
   Normas de la Z 129
   Verbo *satisfacer* 129
   Ejercicios de C, S y Z 129
   Normas de la G 131
   Normas de la J 131
   Verbo *saber* 132
   Ejercicios de G y J 132
   Normas de la M y la N 133
   Normas de la R y la RR 134
   Normas de la D y la T 134
   Normas de la P 134
   Verbo *sentir* 135
   Ejercicios resumen de M, N, R, RR, D, T, P 135
   Normas de la I, Y y LL 136
   Ejercicios resumen de I, Y, LL 137
10. EL USO DEL GERUNDIO
    Usos correctos 139
    Usos incorrectos 140
    Verbo *traer* 141
    Ejercicios 143
11. EL USO DE CUYO
    Normas 145
    Verbos *traducir, valer* 146
    Ejercicio 148

Pág.

12. ESCRITURA DE LOS NÚMEROS
    Normas 149
    Verbo *ser* 151
    Ejercicios 152
13. USO DEL VERBO HABER
    ¿Hubo o hubieron? 155
    Ejercicios 157
14. USO DEL ADVERBIO
    Adverbios de lugar 159
    Adverbios de modo 160
    Adverbios de tiempo 161
    Adverbios de orden 161
    Adverbios de cantidad 161
    Adverbios de afirmación 162
    Adverbios de negación 163
    Adverbios de duda 163
    Adverbios de comparación 163
    Ejercicio 165
15. USO DE LOS PRONOMBRES LE, LA, LO
    Normas 167
    Verbos *ver, alinear, yacer* 168
    Ejercicio 170
16. USO DEL PRONOMBRE ENCLÍTICO
    Normas 171
    Verbo *financiar* 173
    Ejercicio 174
17. ALGUNOS CONSEJOS PARA UN BUEN REDACTOR
    Cuatro requisitos 175
    A la caza de errores. Análisis de un párrafo 176
    Errores sintácticos frecuentes 177
    Ejercicios 179
18. PLURALES DUDOSOS
    Palabras compuestas 183
    Palabras que siempre se escriben en plural 183
    Vocablos con plurales especiales 184
    Sustantivos que carecen de plural 184
    Ejercicios 185
19. LA CONCORDANCIA
    Normas 189
    Ejercicios 191
20. NORMAS DE ACENTUACIÓN
    Palabras agudas 193

Pág.

    Uso del acento diacrítico en los monosílabos 194
Palabras llanas 195
    Uso del acento diacrítico para evitar anfibologías 195
Palabras esdrújulas y sobreesdrújulas 196
Ejercicios 197

21. NORMAS DE PUNTUACIÓN
    El punto 201
    La coma 202
    El punto y coma 203
    Los dos puntos 203
    Los puntos suspensivos 204
    Las comillas 204
    Signos de interrogación y de admiración 205
    Los paréntesis 206
    La raya o pleca 206
    El guión 206
    Ejercicios 208

RESPUESTAS 213

NOTA PREVIA

No es fácil estructurar un libro como éste. Los errores y dudas del lenguaje son muchos y tienen orígenes muy diversos. Sin embargo, nos ha parecido que la manera más práctica y eficaz de abordar la tarea consiste en partir de la clasificación de los propios errores que usualmente se presentan (arcaísmos, barbarismos, extrajerismos, solecismos, vulgarismos, etc.), refiriéndonos —cuando se puede— a la parte de la oración que suelen afectar.

Tampoco hemos querido prescindir de un resumen básico de la ortografía y de unos consejos esenciales para el buen redactor.

Si se quiere completar la información que aparece en este libro, a continuación damos una breve lista de varios títulos recomendables: Diccionario de la lengua española, *Real Academia española de la lengua, Madrid, 1984;* Esbozo de una nueva gramática de la lengua española, *Real Academia española de la lengua, Madrid, 1970;* Diccionario de uso del español, *María Moliner, Madrid, 1983;* Curso superior de sintaxis española; *Samuel Gili Gaya, Barcelona, 1964;* Gramática castellana, *A. Alonso y P. Henríquez Ureña, Buenos Aires, 1962;* Diccionario de términos anticuados y en desuso, *Anita Navarrete de Luft, Madrid 1973;* Curso de fonética y fonología española, *Antonio Quilis y Joseph A. Fernández, Madrid, 1975;* Manual de entonación española *de T. Navarro Tomás, Madrid, 1974;* Actuales normas ortográficas y prosódicas de la Academia española de la lengua, *Ángel Rosenblat, Barcelona, 1974.*

Entre los manuales prácticos se destacan, para niños y jóvenes, los de la serie ABC de la ortografía *de José A. Escarpanter (Madrid), y los títulos recogidos en la colección* Domine su lenguaje *de Editorial Playor:* Cómo dominar la ortografía *y* Cómo dominar la gramática moderna *de José A. Escarpanter;* Cómo aumentar su vocabulario *de Gastón Fernández de la Torriente;* Cómo dominar el análisis gramatical básico *y* Cómo dominar el análisis gramatical superior *de José Luis Onieva Morales.*

INTRODUCCIÓN

Propósito de este libro

Alguna vez nos hemos encontrado en apuros al tener que redactar un informe, escribir una carta o dirigirnos a un público oyente. ¿Se dice *derelicto* o *derrelicto*? ¿Se escribe *haya, halla* o *aya*? Con toda seguridad usted habrá escuchado al docto orador, que se le escapa un gazapo en medio de su discurso. ¿Cómo resolver estas situaciones embarazosas?

Este libro tiene el propósito de ayudarle a eliminar sus dudas y errores por medio de un sucinto conocimiento teórico y gran número de ejercicios. No se trata, pues, de un diccionario de dudas. Por desgracia, los errores abundan tanto que no podríamos recogerlos todos aquí. En este cuaderno de trabajo hallará una definición de cada uno de los vicios más comunes del lenguaje oral y escrito. Para no cometer errores resulta importante saber, precisamente, por qué se cometen. A partir de la definición de los errores y, en ocasiones, del conocimiento de reglas sencillas, se realizan los ejercicios. El vocabulario de estos ejercicios no es rebuscado, sino que se ha tomado de la práctica cotidiana.

¿Qué es un vicio del lenguaje?

Toda expresión, oral o escrita, que no se ajuste a las normas establecidas por el uso culto del lenguaje es un vicio. Es indudable que la opinión de las Academias de los distintos países hispanohablantes es importantísima para poder establecer si nos encontramos ante un error. Las Academias de la Lengua determinan y fijan el lenguaje que ha de considerarse como correcto. Sin embargo, es el uso culto e, incluso, el «inculto», el que enriquece paulatinamente el habla y la lengua.

En algunos sitios se considera que el *seseo,* es decir, la pronunciación de c y z como s, es un error. A pesar de este criterio, no hay que olvidar que el seseo es un rasgo fonético común en toda Hispanoamérica y parte de España (Canarias y Andalucía). Imaginemos que un venezolano, un puertorriqueño o un argentino comenzara a pronunciar correctamente la c y la z. Sus paisanos pensarían que es oriundo de España o, lo que sería lamentable, que es un pedante.

Por esta razón, a veces resulta difícil discernir un error del uso culto en una región específica. En otros casos, es evidente que nos hallamos ante un vicio, porque ninguna persona culta de esa región emplearía el vocablo o la pronunciación en cuestión. Se habla, entonces, del uso «inculto» del lenguaje.

La evolución lingüística

La lengua no permanece estática a través de los siglos, sino que se encuentra en evolución continua. Según se olvidan expresiones innecesarias, que caen en desuso, se adoptan otras nuevas. La función de la Real Academia Española de la Lengua y de las Academias correspondientes es sólo la de sancionar el uso correcto de la lengua en cada momento de su evolución.

Pero si cada persona incorporase a su gusto palabras nuevas, en muy poco tiempo dejaríamos de entendernos unos a otros. Por ello se elaboran, de manera consciente o inconsciente, normas que regulan la evolución lingüística. Estas normas son las que hemos de aplicar ante una expresión que nos infunde dudas. Sólo así podremos distinguir lo correcto de lo incorrecto.

Antes de hablar de estas normas, debemos recordar que existen niveles culturales en el lenguaje. Un campesino no se expresa igual que un habitante de la ciudad. Un universitario habla de modo distinto de un analfabeto.

En la selección de nuestro vocabulario intervienen otros factores, como pueden ser el grado de reflexión y las necesidades expresivas. Estos niveles y necesidades se interrelacionan hasta el punto de que, en ocasiones, resulta difícil determinar a qué nivel pertenece un vocablo o una expresión.

Niveles del lenguaje

Nivel culto. Lenguaje empleado por personas cultas y educadas. Se caracteriza por la riqueza del vocabulario, el dominio de las normas gramaticales, la pronunciación correcta, la elegancia de la expresión y la ausencia de vulgarismos.

Nivel científico-técnico. Lenguaje determinado por la necesidad de expresar conceptos técnicos o científicos. En el lenguaje científico prevalece el empleo de un vocabulario exacto y complejo, con innumerables tecnicismos. Algunas veces, se abusa de los extranjerismos, en lugar de recurrir a equivalencias existentes en el español.

Nivel familiar. Propio del habla empleada para comunicarnos con nuestros semejantes. Está determinado por la espontaneidad del hablante, aunque se sobreentiende que evita vulgarismos, barbarismos u otros vicios. Se considera como el nivel intermedio entre el lenguaje culto y el inculto.

Nivel vulgar. Se reconoce por el empleo de vulgarismos y la abundancia de errores como consecuencia de la incultura o el descuido.

Nivel rústico. Propio de hablantes muy incultos, como los analfabetos. Predominan la pronunciación incorrecta, la incoherencia en el mensaje y la pobreza léxica.

Las normas

Junto con estos niveles de expresión, hemos de conocer las normas que nos ayudarán a valernos de un lenguaje correcto.

Norma geográfica. Preponderancia del habla de una región determinada. Esta influencia dominante puede tener una causa económica, social o cultural.

Norma de autoridad. Tendencia de los hablantes a guiarse por el lenguaje culto de escritores, políticos u otras personalidades.

Norma literaria. Se considera que la buena literatura ha de servirnos como modelo. Ella es el origen de numerosas innovaciones expresivas o neologismos.

Norma lógica. Sentido de la sencillez, la naturalidad y la claridad en el mensaje. Esto significa, por ejemplo, el rechazo de frases afectadas, de arcaísmos o redundancias.

Norma estética. Búsqueda de belleza y armonía en la relación lingüística. No se trata sólo de una comunicación acorde con las reglas gramaticales y ortográficas, sino también grata y elegante.

El mejor modo de comprobar cómo estas normas regulan el buen manejo del idioma es a través de la literatura. Compare obras de autores famosos de diversos países hispanohablantes. Es cierto que la norma geográfica, es decir, los rasgos lingüísticos propios de una región, influye en el léxico o la sintaxis. Sin embargo, podemos seguir perfectamente la acción y lo comprendemos todo. ¿Por qué? El lenguaje culto es lo que une a estos hispanohablantes de lugares tan distantes unos de otros. Esas normas conscientes, o inconscientes, son comunes a todas las personas cultas.

La clave del éxito

No es labor de un día el dominio del idioma. Estudiamos gramática y ortografía en la escuela, pero... Quizá no tenemos necesidad de escribir cartas con frecuencia, o escuchamos tantas veces al día una expresión incorrecta, que surge la duda y terminamos por cometer un error.

Usted no va a estudiar de nuevo gramática y ortografía. Su problema no reside en el desconocimiento de las reglas básicas, sino que simplemente le asalta la duda en ciertos casos. Para evitar la incertidumbre y el consiguiente desliz, lo mejor es la práctica.

Este cuaderno de trabajo enseña a detectar errores y a corregirlos. Por medio de la repetición correcta, usted puede llegar a dominar de manera inconsciente el lenguaje culto. Pero no basta con esto. La labor práctica debe ir acompañada de lecturas selectas. Lea autores clásicos y contemporáneos. El cotejo de estas lecturas enriquecerá su vocabulario. Resulta imprescindible, además, la consulta de diccionarios, tesauros, glosarios, etc. Son los acompañantes fieles de los grandes maestros del idioma.

** PRIMERA PARTE**

1. BARBARISMOS

Barbarismo es la escritura incorrecta de las palabras, toda falta del lenguaje contra la recta pronunciación o el uso de vocablos o giros indebidos del idioma.

Existen barbarismos:

> DEL ADJETIVO: *nuevecientos,* por *novecientos*
> DEL ADVERBIO: *viciversa,* por *viceversa*
> DEL ARTÍCULO: *el aguamarina,* por *la aguamarina*
> DE LA CONJUNCIÓN: *tal cual como,* por *tal cual*
> DE LA INTERJECCIÓN: *¡ójala!,* por *¡ojalá!*
> DEL NOMBRE: *cangrena,* por *gangrena*
> DE LA PREPOSICIÓN: *examinarse en,* por *examinarse de (una asignatura)*
> DEL PRONOMBRE: *sos digo,* por *os digo*
> DEL VERBO: *apriendistes,* por *aprendiste*

Se incurre, por tanto, en un barbarismo cuando se comete un error ortográfico, ya sea por uso incorrecto de letras, acentuación equivocada de palabras o cambio de una letra por otra. Por ejemplo:

> *exalar,* por *exhalar*
> *détective,* por *detective*
> *diabetis,* por *diabetes*

Los vicios de prosodia, como las articulaciones defectuosas, la acentuación incorrecta o ciertos vulgarismos, quedan incluidos de igual modo en los barbarismos, como serían:

> *abceso,* por *absceso*
> *carácteres,* por *caracteres*
> *haiga,* por *haya*

Los neologismos son necesarios para la renovación y ampliación del idioma. Sin embargo, para ser aceptados han de cumplir con las normas elementales del español. De este modo, cuando un neologismo adopta, por ejemplo, terminaciones propias de otras lenguas o, si se trata de un verbo, no se conjuga según lo establecido por la gramática, se dice que es un barbarismo; v.g.:

presupuestear, por *hacer presupuesto* o *presupuestar*
comparecimiento, por *comparecencia*

Los barbarismos son más corrientes de lo que pueda imaginarse. No sólo personas de bajo nivel cultural los cometen. Escritores, oradores públicos, periodistas emplean barbarismos hasta el punto de un desconocimiento general de las formas correctas. Este es el caso de *buenísimo,* superlativo absoluto de bueno. Sin embargo, lo correcto sería decir *bonísimo.* O el sustantivo *financista,* de amplio uso en Argentina, Venezuela, Colombia, cuando la palabra apropiada es *financiero.* La generalización de estos barbarismos llevará a su reconocimiento, más tarde o más temprano, por parte de la Academia. Pero mientras esto no ocurra, es preferible emplear las formas establecidas como norma, aunque en el lenguaje coloquial o familiar se pueda recurrir a estos «barbarismos» que van dejando de serlo.

No sucede igual con los barbarismos relacionados estrechamente con los vulgarismos. *Haiga,* que también es vulgarismo, no puede dejar de ser barbarismo, porque contraviene las normas de la conjugación en nuestro idioma.

Los verbos presentan grandes dificultades en español. Existen en nuestra lengua verbos que con mayor frecuencia son mal conjugados. Por esta razón, al final de cada capítulo encontrará conjugaciones modélicas de algunos de estos verbos, para ser consultadas en caso de duda.

Recordemos algunos barbarismos:

Barbarismos del adjetivo:

INCORRECTO	CORRECTO
Ordinales:	
decimosegundo	duodécimo
décimoprimero	undécimo
décimoséptimo	decimoséptimo
nuevecientos	novecientos
trentaiuno	treinta y uno
ventiuno	veintiuno
Superlativos:	
ardientísimo	ardentísimo
buenísimo	bonísimo
celebrísimo	celebérrimo

INCORRECTO	CORRECTO
miserabilísimo	misérrimo
pobrísimo	paupérrimo
pulcrísimo	pulquérrimo
Calificativos:	
anerobio	anaerobio
anhidrido	anhídrido
antidiluviano	antediluviano
antifebrífugo	febrífugo
apoteótico	apoteósico
disminutivo	diminutivo
eleccionario	electoral
endócrino	endocrino
enquencle	enclenque
espúreo	espurio
expontáneo	espontáneo
humirde	humilde
mardito	maldito
neurósico	neurótico
perfeto	perfecto
polícromo	policromo
proprio	propio
radioactivo	radiactivo
sediciente	sedicente
todo el agua	toda el agua
toráxico	torácico

EJEMPLOS PRÁCTICOS

1. *Este coche es antidiluviano.*

    El prefijo *anti* significa *contra*. Así, la oración tendría el sentido de que se trata de un coche contra diluvios. Sin embargo, lo que se quiere decir es que el coche es anterior al diluvio universal para dar una idea de su antigüedad. Lo correcto es emplear el prefijo *ante*:

    Este coche es antediluviano.

2. *Tomó una tableta antifebrífuga.*

    De este modo, se dice que tomó una tableta para elevar la fiebre, cuando lo que se pretende expresar es todo lo contrario. Eso es precisamente lo que significa *febrífugo*: remedio para reducir la fiebre. Se dirá:

    Tomó una tableta febrífuga.

3. *Ocupó el puesto décimoséptimo en la carrera.*

   Consulte las normas de acentuación que tratamos en la Segunda Parte del libro. Lo correcto es escribir:

   Ocupó el puesto decimoséptimo en la carrera.

Barbarismos del adverbio:

INCORRECTO	CORRECTO
cocretamente	concretamente
de gratis	gratis
de seguida	en seguida
encima de	además de
ipsofactamente	*ipso facto;* inmediatamente
lejísimo	lejísimos
media muerta	medio muerta
motu propio	*motu proprio* (latinismo)
nunca antes	nunca
también no	tampoco
tampoco no	tampoco
tan es así	tanto es así; tan así es
viciversa	viceversa

EJEMPLOS PRÁCTICOS

1. *Juan vive lejísimo.*

   Por la asociación indebida de los superlativos de adverbios como *tanto/tantísimo, poco/poquísimo,* etc., algunos hablantes confunden esta forma del adverbio *lejos* y omiten la *s* final que le corresponde. Así, pues, se debe decir:

   Juan vive lejísimos.

2. *Yo también no voy al parque.*
   Él tampoco no tiene apetito.

   También es adverbio de afirmación y *no* es de negación. Esta incongruencia se evita con el empleo de *tampoco,* adverbio de negación que no requiere la redundancia del *no*. Lo correcto es decir:

   Yo tampoco voy al parque.
   Él tampoco tiene apetito.

3. *Mi prima quedó media muerta del susto.*

   Cuando *medio* tiene función de adverbio, como en este caso, es incorrecto emplearlo como forma variable. Se dirá:

   Mi prima quedó medio muerta del susto.

Barbarismos del artículo:

INCORRECTO	CORRECTO
(el) aguamarina	la aguamarina
(el) aguamiel	la aguamiel
(el) alma máter	la alma máter
(la) análisis	el análisis
(el) apócope	la apócope
(la) calor	el calor
(el) coliflor	la coliflor
(la) color	el color
(el) dínamo	la dinamo
(la) muelle	el muelle
(la) tranvía	el tranvía

EJEMPLOS PRÁCTICOS

1. *Aquella señora ha comprado un anillo con un aguamarina hermoso.*

   Se habla de una piedra preciosa. Si piedra es un nombre femenino, también debe serlo su especificación. Como la *a* inicial de aguamarina no es tónica, admite el artículo femenino. Se escribirá:

   Aquella señora ha comprado un anillo con una aguamarina hermosa.

2. *Los estudiantes concurrieron al alma máter.*

   En este caso, *alma* no es nombre, sino adjetivo de una locución latina. El artículo *la* o *una* corresponde a *máter* y no a *alma*. Se dirá:

   Los estudiantes concurrieron a la alma máter.

3. *El barco atracó en el muelle.*

   Muelle es sustantivo masculino, aunque en algunos países se emplee incorrectamente como femenino. Lo correcto es decir:

   El barco atracó en el muelle.

Barbarismos de la conjunción:

INCORRECTO	CORRECTO
cuanto que	en cuanto
desde que	ya que, puesto que
tal cual como	tal cual, tal como

EJEMPLO PRÁCTICO

1. *Debes hacerlo tal cual como te dije.*

    No hay por qué emplear dos conjunciones: *cual* y *como*. Lo correcto es una sola:

    Debes hacerlo tal cual te dije.
    Debes hacerlo tal como te dije.

Barbarismos de la interjección:

INCORRECTO	CORRECTO
andá	anda
caspita	cáspita
jala	hale
ójala	ojalá
oyes	oye
peró	pero

EJEMPLO PRÁCTICO

1. El niño exclamó: «*¡Caspita, me gané el premio!*»

    Como las interjecciones son las palabras que mejor expresan los vaivenes del ánimo, es muy corriente su acentuación según se sienta el hablante. En este ejemplo, sin embargo, el cambio de acentuación ha alterado el significado de la interjección. Es evidente que el niño no se refería a «una caspa pequeña», sino a la interjección cáspita, que denota sorpresa. Tendría que haber exclamado:

    «*¡Cáspita, me gané el premio!*»

Barbarismos del nombre:

INCORRECTO	CORRECTO
abacora	albacora
abceso	absceso
acimuts	acimutes
adversión	aversión
agüelo	abuelo
aerostato, areostato	aeróstato
aerovias	aerovías
antropofagía	antropofagia
aredromo	aeródromo
areoplano, arioplano	aeroplano
areopuerto, ariopuerto	aeropuerto
areosol	aerosol
as (letras)	aes
baccarat, baccará	bacará, bacarrá
barbiquí	berbiquí
bayonesa (salsa)	mayonesa, mahonesa
bebedol	bebedor
begoña (flor)	begonia
boína	boina
cafeses	cafés
canalonis, canelonis	canalones, canelones
cangrena	gangrena
carácteres	caracteres
carie	caries
carnecería	carnicería
carrillón	carillón
cénit	cenit
cera	acera
cocreta	croqueta
comedol	comedor
comparecimiento	comparecencia
compartimento	compartimiento
concrección	concreción
contricción	contrición
cónyugue	cónyuge
cortacircuito	cortocircuito
cuádriga	cuadriga
cuete	cohete
chantage	chantaje
dentrífico	dentífrico
deo	dedo
derelicto	derrelicto
desahúcio	desahucio
detéctive	detective
diabetis, diábetes	diabetes

INCORRECTO	CORRECTO
diátriba	diatriba
disgresión	digresión
dispensa	despensa
el autodidacta	el autodidacto
el, la cobaya	el cobayo
epíglotis	epiglotis
epígrama	epigrama
estupefacciente	estupefaciente
exófago	esófago
ferecía	alferecía
financista	financiero
gaseoducto	gasoducto
geráneo	geranio
Grabiel	Gabriel
heliopuerto	helipuerto
hemiplejia	hemiplejía
Herodoto	Heródoto
hidrolisis	hidrólisis
ícono	icono
ideosincrasia	idiosincrasia
inflacción	inflación
insanía	insania
intérvalo	intervalo
interviuvador	entrevistador
invernación	hibernación
istituto	instituto
Juaquín	Joaquín
méndigo	mendigo
méster	mester
metereólogo, metereología	meteorólogo, meteorología
metrópolis	metrópoli
obstetricio	tocólogo
oceáno, occeano	océano
objección	objeción
padrito	padrecito
palenteólogo	paleontólogo
paragua	paraguas
pararrayo	pararrayos
pare	padre
pedícuro	pedicuro
périto	perito
poliomelitis	poliomielitis
porcientaje	porcentaje
positivado	revelado (de películas)
psiquis	psique
quisqui	quisque
raptador	raptor

INCORRECTO	CORRECTO
régimenes	regímenes
reguilete	rehilete
semáfaro	semáforo
telesférico	teleférico
tiatro	teatro
tifóidea	tifoidea
tualla	toalla
ultimatums	ultimatos
video	vídeo

EJEMPLOS PRÁCTICOS

1. *El interviuvador no llegó a tiempo a la conferencia de prensa.*

    Este neologismo, al igual que el verbo *interviuvar* y el sustantivo *interviú,* tienen su origen en el inglés. Ninguna de estas formas son necesarias en español, porque tenemos *entrevistador, entrevistar* y *entrevista,* que son propias. Lo correcto en buen español es:

    El entrevistador no llegó a tiempo a la conferencia de prensa.

2. *Mi padre nos ha comprado un video.*

    La Academia en la última edición (1984) de su *Diccionario,* ha aceptado este anglicismo adoptando la acentuación esdrújula. Por tanto, se dirá:

    Mi padre nos ha comprado un vídeo.

3. *Hemos cenado canelonis de espinaca.*

    La Academia acepta *canelones* y *canalonis* como formas españolas del italiano *caneloni.* Es un italianismo incorrecto recurrir, entonces, a *canelonis.* La frase debe ser:

    Hemos cenado canelones (canalones) de espinaca.

4. *No olvides llevar el paragua, porque va a llover.*
   El pararrayo de mi casa no funciona.

    Son dos casos de omisión indebida de s, pues aunque son formas singulares en estas oraciones, estos sustantivos son invariables: *el pararrayos, los pararrayos; el paraguas, los paraguas.*

    No olvides llevar el paraguas, porque va a llover.
    El pararrayos de mi casa no funciona.

5. *Han construido un gaseoducto entre las dos ciudades.*

Como existe oleoducto, algunas personas utilizan por analogía la palabra gaseoducto. Las formas compuestas de gas emplean las formas prefijas *gaso-, gasi-*, v.g., *gasificar, gasógeno, gasómetro* y *gasoducto*. Se dirá entonces:

Han construido un gasoducto entre las dos ciudades.

Barbarismos de la preposición:

INCORRECTO	CORRECTO
A	
a grosso modo	grosso modo
a la satisfacción	a satisfacción
a lo que veo	por lo que veo
a nombre de	en nombre de
(ir) a por	(ir) por (nunca se emplean dos preposiciones seguidas); en busca de
acto a celebrar	acto que se ha de celebrar
a pretexto de	con el pretexto, bajo el pretexto, so pretexto de
decisión a tomar	decisión que se ha de tomar
a virtud de	en virtud de
asunto a resolver	asunto que se ha de resolver
al propósito	a propósito, con el propósito
hacer mención a	hacer mención de
enfermedad a virus	enfermedad por virus
de acuerdo a	de acuerdo con
al punto de	hasta el punto de
por motivo a	con motivo de, en razón a
BAJO	
bajo la base	sobre la base
bajo mi punto de vista	desde mi punto de vista
DE	
aparte de	aparte
atreverse de	atreverse a
de a buenas	a buenas, por las buenas
de motu proprio	motu proprio
leer de parado	leer parado
me acuerdo que	me acuerdo de que
yo de ti	yo que tú, yo en tu lugar

INCORRECTO	CORRECTO
EN	
en el dintel	bajo el dintel
en la noche	de noche, por la noche, durante la noche
en veces	a veces
examinarse en (una asignatura)	examinarse de (una asignatura)
ir en casa de	ir a casa de
se sentó en la mesa	se sentó a la mesa
vestido en lana	vestido de lana
en base a	basándose en
HASTA	
hasta ahora entiendo	ahora entiendo
hasta hoy llegó	hoy llego

EJEMPLOS PRÁCTICOS

1. *Vino a pretexto de una reparación, pero a lo que veo no hay nada roto.*

    Se abusa de la preposición *a*, que se ha convertido en un verdadero comodín. Además de ser incorrecto, este mal uso deviene monotonía. ¿Por qué no emplear las preposiciones correctas para dar elegancia y variedad al lenguaje? Lo correcto es:

    Vino con el pretexto de una reparación, pero por lo que veo no hay nada roto.

2. *Tras la invitación de la señora, todos nos sentamos en la mesa.*

    ¿Acaso los comensales perdieron la compostura y se acomodaron encima de la mesa? Seguramente lo que ocurrió fue esto:

    Tras la invitación de la señora, todos nos sentamos a la mesa.

3. *Mi amiga se compró un vestido en lana. Yo preferí comprarme uno en seda.*

    Con algunas excepciones (V. Anfibologías), la preposición *en* debe evitarse para indicar materia. Lo correcto es la preposición *de*, como en este caso:

    Mi amiga se compró un vestido de lana. Yo preferí comprarme uno de seda.

4. *Hizo mención a sus méritos a grosso modo.*

   Por empleo incorrecto de las preposiciones se produce una cacofonía (V. Cacofonías). Por otra parte, si se recurre a los latinismos, lo mejor es saber emplearlos como corresponde.

   Hizo mención de sus méritos grosso modo.

5. *Explicó el proyecto bajo la base de las recomendaciones oficiales.*

   Con la preposición *bajo* es imposible dar la idea de apoyo, plataforma de ideas, que sí se logra con *sobre:*

   Explicó el proyecto sobre la base de las recomendaciones oficiales.

Barbarismos del pronombre:

INCORRECTO	CORRECTO
amémosno	amémonos
cada quien	cada cual
cerca suyo	cerca de él
cierra tras ella	cierra tras sí
cualesquiera mujer	cualquier mujer
cualquieras	cualesquiera
detrás nuestro	detrás de nosotros
díceselo	díselo
dígamen	díganme
dínolos	dínoslo
lejos tuyo	lejos de ti
oyéranos	oyérannos
satisfechos de ellos mismos	satisfechos de sí mismos
sos espero	os espero
volví en sí	volví en mí
volviste en sí	volviste en ti

EJEMPLOS PRÁCTICOS

1. *Cualquieras sean las condiciones, lo haremos.*

   Como pronombre, es incorrecto este plural de *cualquiera*. Se dice: *cualesquiera condiciones, cualesquiera dificultades*. Tampoco ha de emplearse *cualesquiera* con nombres singulares: *cualesquiera vestido,* por *cualquier vestido; cualesquiera hombres,* por *cualquier hombre.* En resumen, el pronombre *cualquiera* forma su plural así: *cualesquiera.* La manera correcta de expresar la oración del ejemplo sería:

   Cualesquiera que sean las condiciones, lo haremos.

2. *Si te castiga, díceselo a tu hermano.*

En algunos países existe una gran confusión con el empleo de los pronombres enclíticos (a continuación de la forma verbal). Consulte «Pronombres enclíticos» en la Segunda Parte de este libro. Allí se explica por qué lo correcto es:

Si te castiga, díselo a tu hermano.

3. *Me desmayé y cinco minutos después volví en sí.*
   Cuando volviste en sí, estabas en el hospital.

Los hablantes descuidados suelen emplear mal la variante pronominal *sí* (para la 3.ª persona). El uso correcto nos obliga a variar el pronombre de acuerdo a la persona referida: *mí* para la 1.ª; *ti* para la 2.ª, y *sí* para la 3.ª. Así, pues:

Me desmayé y cinco minutos después volví en mí.
Cuando volviste en ti, estabas en el hospital.

Barbarismos del verbo:

INCORRECTO	CORRECTO
amedentrar	amedrentar
arrellenarse	arrellanarse
cabo	quepo
camuflagear	camuflar
coaligarse	coligarse
comel	comer
como ser	como es, como son
conetar	conectar
corregió	corrigió
creé, creén	cree, creen
cuchichiar	cuchichear
deciba	decía
destornillarse de risa	desternillarse de risa
enquilosar	anquilosar
erupto, eruptar	eructo, eructar
escriturar	escribir
esnucar	desnucar
espavientar	espantar
exilar	exiliar
extriñir	estreñir
golpiar	golpear
hablastes (tú)	hablaste
interconexiar	interconectar
interviuvar	entrevistar
mezco	mezo

INCORRECTO	CORRECTO
peliarse	pelearse
presignarse	persignarse
preveer, prevee	prever, prevé
sentaros	sentaos
vertir, virtió	verter, vertió
¡Ves a buscarlos!	¡Ve a buscarlos!

EJEMPLOS PRÁCTICOS

1. *Los soldados se camuflagearon en el bosque.*

    El verbo *camuflagear* no existe. En cambio, la Academia ha admitido recientemente los galicismos *camuflar* y *camuflaje*. Se puede decir:

    Los soldados se camuflaron en el bosque.

2. *Los dos tramos del alumbrado quedaron interconexiados.*

    Otro disparate, porque el verbo correcto es *interconectar:*

    Los dos tramos del alumbrado quedaron interconectados.

3. *Hay que preveer las consecuencias de estas acciones.*

    Se ha confundido el verbo *prever* (conjeturar, ver con anticipación) con *proveer* (abastecer, suministrar) en el plano ortográfico, y con *prevenir* (precaver, preparar) en la significación. Lo correcto es escribir *prever* y conjugarlo como *ver*.

    Hay que prever las consecuencias de estas acciones.

4. *Nos hemos destornillado de risa con sus chistes.*

    A menos que tengan una prótesis injertada, las personas no tienen tornillos en sus cuerpos, sino ternillas. De ahí proviene la expresión familiar:

    Nos hemos desternillado de risa con sus chistes.

5. *Después de comer, se arrellenó en el mullido sofá.*

    Este verbo no viene de relleno o rellenar, sino de rellanar y llano, con el significado de acomodarse. Se dirá:

    Después de comer, se arrellanó en el mullido sofá.

6. *¿Ya comistes?*
   Te repito que hablastes demasiado.

   La segunda persona del singular del Pretérito Perfecto Simple es la única forma de la 2.ª persona que no lleva -s final. Siempre se debe decir: *amaste, volviste, estudiaste, escribiste,* etc.

   ¿Ya comiste?
   Te repito que hablaste demasiado.

APRETAR

Infinitivo: apretar   **Gerundio:** apretando   **Participio:** apretado.

Modo indicativo
Presente: aprieto, aprietas, aprieta, apretamos, apretáis, aprietan.

Modo subjuntivo
Pres.: apriete, aprietes, apriete, apretemos, apretéis, aprieten.

Modo imperativo
Pres.: aprieta, apretad.

ASIR

Infinitivo: asir   **Gerundio:** asiendo   **Participio:** asido

Modo indicativo
Pres.: asgo, ases, ase, asimos, asís, asen.

Modo subjuntivo
Pres.: asga, asgas, asga, asgamos, asgáis, asgan.

EJERCICIOS

I. Escriba las palabras correctas.

1. radioactivo: _____
2. neurósico: _____
3. toda gente: _____
4. el dínamo: _____
5. desde que: _____
6. ójala: _____
7. carrillón: _____
8. contricción: _____
9. baccarat, baccará: _____
10. reguilete: _____
11. palenteólogo: _____
12. ir en casa de: _____
13. enfermedad a virus: _____
14. detrás nuestro: _____
15. presignarse: _____

II. Forme los superlativos absolutos de los adjetivos siguientes:

1. ardiente: _____   3. célebre: _____
2. pobre: _____   4. pulcro: _____

III. Escriba correctamente las siguientes palabras y busque en el diccionario su significado.

1. espúreo _____
   _____

2. sediciente _____
   _____

3. toráxico _____
   _____

4. barbiquí _____
   _____

5. polícromo _____
   _____

6. telesférico _____
   _____

7. el, la cobaya _____
   _____

8. cuádriga _____
   _____

9. epígrama _____
   _____

10. amedentrar _____
    _____

IV. Escriba como corresponde estos numerales:

1. nuevecientos: _____
2. treintiuno: _____
3. decimoprimero: _____
4. décimo séptimo: _____
5. decimosegundo: _____
6. trenta y uno: _____
7. ventiuno: _____

V. Escriba el adjetivo correspondiente a estas definiciones:

1. lo que es modesto _____
2. lo que es natural, voluntario _____
3. de naturaleza enfermiza _____
4. que no tiene vicio, excelente _____
5. lo que reduce _____

VI. Construya oraciones con las palabras siguientes tras haberlas corregido:

1. viciversa _____
_____

2. el coliflor _____
_____

3. abacora _____
_____

4. chantage _____
_____

5. anerobio _____
_____

6. psiquis _____
_____

7. autodidacta _____
_____

8. cónyugue _____
_____

9. semáfaro _____
_____

10. raptador _____
_____

11. obstetricio _____
_____

12. derelicto _____
_____

13. enquilosar _____

14. cuchichiar _____

15. eruptar _____

VII. Escriba la preposición correcta:

1. El orador habló ____ nombre de los presentes.
2. Estaba parado ____ el dintel de la puerta.
3. Nos encontraremos ____ la noche con nuestros amigos.
4. Se enfadó ____ punto de marcharse.
5. ____ veces me agrada pasear por el bosque.
6. Juanito tiene que examinarse ____ varias asignaturas.
7. ____ cuanto no mostró documentos, no reconocieron su título.
8. Cumplió con su labor ____ satisfacción de la dirección.
9. Aparte ____ la ropa que usted trae, no hay otras prendas.
10. Limpiaron la alfombra ____ lana con la aspiradora.

VIII. Coloque la tilde en las palabras de estas dos columnas, si la necesitan.

1. endocrino
2. ojala
3. boina
4. cenit
5. detective
6. diatriba
7. pedicuro
8. hemiplejia
9. intervalo
10. desahucio
11. regimenes

12. dinamo
13. video
14. insania
15. tifoidea
16. diabetes
17. oceano
18. perito
19. icono
20. mendigo
21. epiglotis
22. caracteres

IX. Marque con una cruz las palabras correctas:

1. propio _____
2. maldito _____
3. adversión _____
4. aeropuerto _____
5. teatro _____
6. cangrena _____
7. positivado _____
8. hidrolisis _____
9. Grabiel _____
10. estupefacciente _____
11. anhidrido _____
12. comedor _____
13. bayonesa _____
14. geráneo _____
15. porcientaje _____
16. dedo _____
17. quisque _____
18. Heródoto _____
19. comedor _____
20. dentrífico _____
21. pararrayos _____
22. antropofagía _____

X. Escriba correctamente los barbarismos del ejercicio anterior y redacte una frase con cada uno de ellos.

1. _____
2. _____
3. _____
4. _____
5. _____
6. _____
7. _____
8. _____
9. _____
10. _____
11. _____
12. _____
13. _____
14. _____
15. _____
16. _____
17. _____

18. _____
19. _____
20. _____
21. _____
22. _____

XI. Nombre ocho barbarismos del adjetivo, diez del nombre y cinco de la preposición que no se encuentren en los ejemplos del libro. Consulte un diccionario.

BARBARISMOS DEL ADJETIVO:

_____ _____ _____

_____ _____ _____

_____ _____

BARBARISMOS DEL NOMBRE:

_____ _____ _____

_____ _____ _____

_____ _____ _____

_____

BARBARISMOS DE LA PREPOSICIÓN:

_____ _____ _____

_____ _____

XII. Escriba convenientemente las oraciones que aparecen a continuación.

1. Al niño le dio una ferecía.
_____

2. Ha volcado todo el agua de la tina.
_____

3. Explícame cocretamente en qué consiste el problema.
_____

4. El médico no ha recibido el resultado de la análisis.
_____

5. Este vestido ha perdido la color por culpa del sol.
_____

6. ¡Andá, ya están aquí!

7. Ve a la carnecería y traime un kilo de hígado.

8. Tiene verdadera adversión al pescado.

9. ¡Muchacho, camina por la cera!

10. Como padece alergia, le han recomendado areosol.

11. El plural de la letra a es as.

12. París es una metrópolis internacional.

13. La ideosincrasia de los pueblos americanos difiere de la de los europeos.

14. Padrito mío, vuelve pronto a casa.

15. Los plantígrados tienen un período de invernación anual.

16. El profesor hizo una disgresión en su conferencia.

17. El paciente sufrió una operación del exófago.

18. Todo el mundo pretende tener un video.

19. El areoplano aterrizó en el aerodromo.

20. Desde ya le aseguro que no habrá problemas con su licencia desde que ha sido aprobado el examen.

2. EXTRANJERISMOS

Se denominan así las palabras o giros idiomáticos de origen extranjero incorporados a la lengua española. Los más importantes son los anglicismos, seguidos de los galicismos. En algunas regiones hispanoamericanas, como por ejemplo, Argentina, Chile y Uruguay, también influyen los italianismos.

Las causas de esta «injerencia» en nuestra lengua son múltiples. Pero la más relevante reside en el impetuoso avance científico y técnico en países como los Estados Unidos, Gran Bretaña o en la lengua como vehículo transmisor del pensamiento contemporáneo, en el caso de Francia. También se crean corrientes de imitación en zonas menos desarrolladas del mundo hispánico. Esto, sumado a la falta, en muchos casos, de términos o giros apropiados en español, a la comodidad o al desconocimiento de nuestro propio idioma, han propiciado la introducción de estos extranjerismos.

Son ya numerosos los vocablos aceptados por la Real Academia Española de la Lengua. Otros no deben ser reconocidos, porque existen sus equivalentes en español o porque su forma no se ajusta a las normas de la lengua.

En nuestro idioma existe gran número de voces extranjeras que se han incorporado a lo largo del tiempo y hoy ya pertenecen en igualdad al acervo léxico de los hispanohablantes. Entre los que debemos señalar como vocablos «prestados» —por llamarlos así— de otros idiomas tenemos los siguientes:

Latinismos. Palabras provenientes del latín:

peligro	operario	auscultar	digital
artículo	laico	regla	siglo
fácil	raro	putrefacción	adyacente

Helenismos. Palabras de origen griego:

telégrafo	teléfono	aeróstato	púrpura
bodega	cisma	crisma	mártir
psicología	teología	filosofía	democracia

Arabismos. Voces derivadas del árabe:

alcohol	almena	almohada	alguacil
azafrán	noria	acequia	tabique
azulejo	alhambra	arroba	quintal
alfombra	adalid	emir	almirante
arsenal	tambor	alcalde	aduana
tarifa	arancel	alhelí	azotea

Germanismos. Vocablos de procedencia alemana:

estribo	dardo	jabón	sable
blindar	cuarzo	cinc	burgo
heraldo	botín	robar	guarecer
guante	mariscal	tocar	fieltro
máuser	bloqueo	burgomaestre	obús
buril	trincar		

Galicismos. Palabras derivadas del francés:

jardín	manjar	restaurante	bajel
sargento	satén	doblaje	biberón
trinchar	bombón	hotel	bufete
charretera	reproche	coqueta	ficha
corsé	jaula	mentón	abordar

Anglicismos. Voces provenientes del inglés:

club	televisión	mitin	dandy
comité	turista	vagón	tren
túnel	confort	líder	tenis
fútbol	abolicionista	budín	albatros
votar	celuloide	jurado	cóctel
esterlina	dogo		

Italianismos. Vocablos de origen italiano:

pizza	espagueti	terceto	novela
cotejar	amante	pedante	batería
recluta	infantería	adagio	partitura
batuta	libreto	cuarteto	

Americanismos. Palabras derivadas de lenguas amerindias:

cóndor	maíz	papa	alpaca
guacamayo	colibrí	petaca	petate
cacao	canoa	pampa	tomate
cacahuete	chocolate	cacique	huracán
batata	chacra	choclo	coca
puna	tiza	tapioca	aguacate
mate	jaguar	mandioca	ñandú
tapir	mucama	poncho	gaucho
bejuco	yuca	hamaca	caníbal
hule	jícara	piragua	

Estas palabras de origen diverso demuestran que ninguna lengua puede formarse y evolucionar sin la contribución de otras culturas. También podemos apreciar que todas ellas, reconocidas por la Academia, responden a los parámetros lingüísticos del español, y que en su mayoría no tenían voces equivalentes.

Ahora veremos extranjerismos considerados como vicios del lenguaje, puesto que incumplen estas dos condiciones mencionadas. No hay que olvidar, sin embargo, que muchos extranjerismos —una vez acomodada su grafía a la española— acabarán por ser admitidos, porque el uso termina por decir la última palabra en estas cuestiones.

Anglicismos

INCORRECTO	CORRECTO
airbus	aerobús
agresivo	dinámico, activo, emprendedor
aparente	evidente, notorio
aplicación, aplicar	solicitud, petición, solicitar, pedir
apreciable	considerable, cuantioso
aproches	vías de acceso
arruinar	eliminar, estropear
ascendiente	predominio moral
asumir	presumir, suponer
automación	automatización
automoción	automovilismo
automotor	automóvil, automovilístico
baffle	altavoz
batir el récord	establecer la marca
bazooka	lanzagranadas
cameraman	operador, camarógrafo
camping	acampada, campamento, campismo
chance	suerte, oportunidad
chequeo, chequear	La Academia aprueba la acepción «reconocimiento médico». Para las acepciones restantes se dirá: verificar, vigilar, comprobar, expedir, etc.
clearing	compensación
elevador	ascensor
espiche	discurso, arenga, parlamento, alocución, conferencia
ferry, ferry-boat	transbordador
gas-oil	gasóleo
gin	ginebra
gobernanta	institutriz
grill room	parrilla, salón de parrillada
hall	entrada, recibidor, vestíbulo, recibimiento

INCORRECTO	CORRECTO
handicap, handicapar	obstáculo, desventaja, inferioridad
hit	éxito, triunfo, tanto
interviú	entrevista
jeans	vaqueros
lobby	grupo de influencia, recepción de hotel
lunch	almuerzo, comida, refrigerio, merienda
night-club	club nocturno, cabaré, sala de fiestas
nurse	niñera
manager	gerente, administrador, apoderado, empresario
operador de ascensor	ascensorista
operador de teléfonos	telefonista
operador de telégrafos	telegrafista
party	fiesta, reunión
pedigree	genealogía, casta, trayectoria
penthouse	ático
peppermint, pippermint	menta, licor de menta
performance	actuación, hazaña, sesión, función
pick-up, picap, picú	tocadiscos
pipe-line	oleoducto
pluma fuente	pluma estilográfica, estilógrafo
precinto	comisaría, cuartel de policía, cárcel
profesor asistente	profesor auxiliar
(tener) pull	tener influencia
raid	incursión, asalto, batida
realizar	percatarse, darse cuenta
récord	marca, plusmarca
recordeman	plusmarquista, campeón
referee	árbitro, juez
rentar	arrendar, alquilar
repórter	reportero
ring	cuadrilátero (boxeo)
romance	idilio, aventura amorosa
score	tanteo
scout, boy scout	explorador
script-girl	ayudante del director, anotadora
self-service	autoservicio
sex-appeal	atractivo
short	pantalón corto
show	espectáculo, número, actuación
sideboard, seibó, seibor	aparador
slide	diapositiva
sofisticado	complicado, artificial
soundtrack	banda de sonido
speaker, espiquer	locutor, orador

INCORRECTO	CORRECTO
sport	deporte
sportsman	deportista
standard	estándar
stenotype	estenotipo
stewardess	azafata, aeromoza
stock	surtido, existencias, almacenamiento
su orden	su pedido
subway	metro
success	éxito
suspense	suspenso, tensión
sweater	suéter
ticket	billete, entrada, boleto, tique
technicolor	tecnicolor
test	examen, prueba, experimento
tópico	tema
trailer	remolque de automóvil, avance de película
travelling	travelín
versus	contra
water	servicios, retrete, lavabo
week-end	fin de semana
western	película del Oeste

Galicismos

INCORRECTO	CORRECTO
a todo precio	a toda costa, a cualquier precio
acordar	conceder
afectar forma de algo	tomar o recibir forma
affaire	caso, asunto, cuestión
affiche, afiche	cartel, bando, edicto
(estar) al centro	(estar) en el centro
al precio de	a costa de
amar	gustar
ameliorar	mejorar
ampararse	apoderarse
asumir	tomar (forma, incremento, tamaño)
avanzar	adelantar, anticipar, ganar, tomar
avión a reacción	avión de reacción
ayer noche	anoche
banal	trivial
barco a vapor	barco de vapor
bibelot	figurilla
biscuit	bizcocho
bizarro	extravagante, caprichoso

INCORRECTO	CORRECTO
boite	salón de baile, bar, club nocturno
bonhomía	bondad, franqueza
boutade	ocurrencia, salida
brevemente, breve	en suma, en una palabra
brevet	diploma, certificado, despacho
briquet	encendedor
buffett	aparador
cachet	sello, distinción
café negro	café solo, café puro
camouflage	camuflaje
cocotte	prostituta, fulana
cognac	coñac
concebido	redactado
contactar	comunicar, establecer contacto o relación, entrar en contacto
coqueluche	tos ferina
crinolina	miriñaque
croché	ganchillo
croissant	media luna
chantage	chantaje
charcutería	tienda de embutidos, salchichería
chauffeur	chofer, chófer
chauvinismo	patriotería
chef	primer cocinero
chic	elegante, de moda
darse tiempo	tomarse tiempo, tomarse la molestia
de buena hora	temprano
de más en más	cada vez más
debacle	hecatombe, desastre, cataclismo, ruina
debut	presentación, estreno
derechos a satisfacer	derechos que se han de satisfacer
desapercibido	inadvertido
desmentido	mentís, desmentida
desvelar	descubrir
detente	distensión
diplómata	diplomático
dossier	expediente, legajo
el excelente escritor que es...	el excelente escritor...
en un otro caso	en otro caso
entente	unión, armonía, acuerdo
epatar	asombrar, deslumbrar, pasmar
es por eso que, es por lo que	por eso
fletes a percibir	fletes que se han de percibir
folletón	folletín
franquear	atravesar
frigidaire	frigorífico, nevera
fuete, fuetazo	látigo, latigazo

INCORRECTO	CORRECTO
gamín	golfillo, chico de la calle
impasse	compás de espera, atolladero, crisis
librar, librado	entregar, entregado
el adioses	el adiós
masacre, masacrar	matanza, matar
matinée	sesión de tarde
medical	medicinal, médico
office	antecocina
orfelinato	orfanato
parachutar, parachutista	lanzar en paracaídas, paracaídista
paradoxal	paradójico
parisino	parisiense; parisién se emplea sólo en singular
pastel al huevo	pastel con huevos
por contra	por el contrario, en cambio
por la primera vez	por primera vez
portable	portátil
portillón	puerta
rapport	informe
remarcable	muy notable
repetir	ensayar
reservorio	depósito
rôl	papel
rouge	rojo, carmín de labios
siempre estudia	todavía estudia
souteneur	rufián
surmenage	sobrefatiga, agotamiento
tournee	gira
travestí	travestido, travestir
traza	huella, vestigio
troupe	compañía
trousseau	ajuar de novia, equipo
usina	fábrica, central eléctrica
usura por uso	desgaste por uso
vino rojo	vino tinto

Italianismos

INCORRECTO	CORRECTO
anatemizar	anatematizar
citadino	ciudadano
fiasco	fracaso, chasco
mezzanino	entresuelo
muestra	exposición
ravioli	ravioles
secentista	seiscentista (del siglo XVI)

INCORRECTO	CORRECTO
sotto voce	en voz baja
spaguetti	espagueti
veranda	galería, terraza, mirador
viene obligado a	está obligado a

BALBUCIR

Infinitivo: balbucir **Gerundio:** balbuciendo **Part.:** balbucido.
Modo indicativo
Pres.: balbuzco, balbuces, balbuce, balbucimos, balbucís, balbucen.
Pret. impf.: balbucía, balbucías, etc.
Pret. indef.: balbucí, balbuciste, balbució, etc.
Fut. impf.: balbuciré, balbucirás, etc.
Pot. simple: balbuciría, balbucirías, etc.

Modo subjuntivo
Pres.: No tiene.
Pret. impf.: balbuciera/balbuciese, balbucieras/balbucieses, etc.
Fut. impf.: balbuciere, balbucieres, etc.

Modo imperativo
Pres.: balbuce, balbucid.

BENDECIR

Infinitivo: bendecir **Gerundio:** bendiciendo **Part.:** bendecido.
Modo indicativo
Pres.: bendigo, bendices, bendice, bendecimos, bendecís, bendicen.
Pret impf.: bendecía, bendecías, bendecía, bendecíamos, bendecíais, bendecían.
Pret. indef.: bendije, bendijiste, bendijo, bendijimos, bendijisteis, bendijeron.
Fut. impf.: bendeciré, bendecirás, bendecirá, bendeciremos, bendeciréis, bendecirán.
Pot. simple: bendeciría, bendecirías, bendeciría, bendeciríamos, bendeciríais, bendecirían.

Modo subjuntivo
Pres.: bendiga, bendigas, bendiga, bendigamos, bendigáis, bendigan.
Pret. impf.: bendijera/bendijese, bendijeras/bendijeses, bendijera/bendijese, bendijéramos/bendijésemos, bendijerais/bendijeseis, bendijeran/bendijesen.
Fut. impf.: bendijere, bendijeres, bendijere, bendijeremos, bendijéreis, bendijeren.

Modo imperativo
Pres.: bendice, bendecid.

EJERCICIOS

I. Nombre cinco latinismos aceptados por la Academia.

_____ _____ _____ _____ _____

II. Escriba cinco helenismos aceptados.

_____ _____ _____ _____ _____

III. Escriba cinco oraciones donde emplee arabismos.

1. _____
2. _____
3. _____
4. _____
5. _____

IV. Mencione cinco palabras que provengan del alemán, es decir, que sean germanismos.

_____ _____ _____ _____ _____

V. Escriba cinco sustantivos considerados como galicismos de uso en nuestra lengua.

_____ _____ _____ _____ _____

VI. Forme tres oraciones con los italianismos siguientes:

1. espagueti

_____

2. recluta

_____

3. libreto

_____

VII. Busque palabras equivalentes en español para estos anglicismos.

1. jeans: _____
2. lunch: _____
3. pipe-line: _____
4. stock: _____
5. raid: _____
6. boy scout: _____
7. show: _____
8. pluma fuente: _____
9. water: _____
10. clearing: _____

VIII. Entre el siguiente grupo de palabras, encuentre los americanismos y subráyelos.

1. bejuco
2. balsa
3. alpaca
4. hebilla
5. tomate
6. papa
7. cítara
8. chacra
9. pampa
10. mandioca
11. páramo
12. albornoz
13. aguacate
14. poncho
15. albergue
16. ñandú
17. espía
18. hule

19. alhaja
20. jícara
21. petate
22. yuca
23. petaca
24. zaguán
25. choclo
26. mate
27. piragua
28. bolsillo
29. caníbal
30. colibrí

IX. Emplee expresiones españolas para los galicismos que aparecen a continuación:

1. biscuit: _____
2. reservorio: _____
3. trousseau: _____
4. amateur: _____
5. boutade: _____
6. cocina a gas: _____
7. chauffeur: _____
8. camouflagè: _____
9. crinolina: _____
10. vino rojo: _____

X. Escriba el vocablo español correspondiente y diga si estas palabras son anglicismos, galicismos o italianismos.

1. aplicación: _____
2. cheque: _____
3. precinto: _____
4. batir el récord: _____
5. romance: _____
6. sofisticado: _____
7. gobernanta: _____
8. remarcable: _____
9. usina: _____
10. epatar: _____

11. masacre: _____
12. ameliorar: _____
13. bizarro: _____
14. chauvinismo: _____
15. parachutista: _____

XI. Sustituya los extranjerismos incorrectos por expresiones españolas.

1. No hemos podido satisfacer su orden por falta de chance.

2. El manager de esta empresa es muy agresivo.

3. Este cheque tiene que ir a clearing.

4. Mi tía Juana vive en el penthouse.

5. Vamos a pasar el week-end en un camping.

6. El excelente escritor que es Vargas Llosa habló en la universidad.

7. Ella es soportada por su padre.

8. El sistema de este pick-up es muy sofisticado.

9. Coloca esta botella de cognac al centro de la mesa.

10. El desmentido de la prensa se me pasó desapercibido.

11. Coloca la olla a vapor sobre la cocina a gas.

12. Cuando franqueó la puerta, epató al público que asistía a la matinée.

13. El gamín dio un fuetazo al pobre perro.

14. Lucrecia se ha comprado una máquina de escribir portable.

15. Ha tenido un debut remarcable al precio de gastarse una fortuna.

16. Brevemente, los diplómatas no lograron concebir ayer noche el rapport.

17. La muestra está dedicada a obras de arte secentista.

18. Los citadinos comentan sotto voce lo ocurrido ayer.

19. El enamorado se llevó un fiasco, porque ella no se asomó a la veranda.

20. El congreso viene obligado a discutir ese tópico.

XII. Busque tres sinónimos en español de los extranjerismos siguientes.

1. chequear
2. espiche
3. performance
4. hall
5. lunch
6. manager
7. stewardess
8. handicap
9. contactar
10. impasse
11. debacle
12. affaire
13. boite
14. stock
15. soportar

XIII. Corrija estos extranjerismos. Busque el significado de las voces españolas en el diccionario.

1. lobby _____

2. airbus _____

3. cameraman _____

4. ferry-boat _____

5. soundtrack _____

6. travelling _____

7. dossier _____

8. surmenage _____

9. tournee _____

10. detente _____

11. banal _____

12. croché _____

13. paradoxal _____

14. anatemizar _____

15. mezzanino _____

XIV. Forme oraciones con palabras españolas que correspondan a estos extranjerismos.

1. operador de ascensor

2. bazooka

3. aparente

4. pipe-line

5. self-service

6. rol

7. chic

8. souteneur

9. frigidaire

10. amateur

11. charcutería

12. folletón

13. coqueluche

14. viene obligado a

15. ravioli

3. ARCAÍSMOS

Se considera arcaísmo toda palabra, frase o construcción sintáctica que, utilizada antiguamente, ha llegado a ser poco frecuente en la actualidad. En ciertas provincias de España y en los países hispanoamericanos, especialmente en zonas de difícil acceso, subsisten aún ciertos arcaísmos.

Su índole es diversa. Veamos algunos ejemplos de uso inapropiado:

EN VERBOS Y FORMAS VERBALES:
aguaitar, por *acechar*
vide, por *vi*

DE RÉGIMEN:
decidí de irme, por *decidí irme*

EN LAS CONSTRUCCIONES GRAMATICALES:
un su primo, por *un primo suyo*

EN LOS ARTÍCULOS:
la hambre, por *el hambre*

Sin embargo, debe señalarse que algunos vocablos que habían caído en desuso han renacido con tal vigor, que son confundidos frecuentemente con neologismos. Así ocurre, por ejemplo, con las palabras *llamada, prestigiar, resurgir.*

Si bien el arcaísmo reaparece en algunas novelas contemporáneas, esto no debe inducirnos a su uso. Lo que en el escritor puede ser una licencia poética, o el uso intencional de voces y giros arcaicos para dar mayor belleza a la expresión o para recrear una época, se convierte, en el lenguaje cotidiano, en una impureza o vicio idiomático. Debemos estar atentos, pues oírlos y leerlos con mucha frecuencia puede inducirnos a su empleo.

Conozcamos algunos arcaísmos para evitarlos en el habla cotidiana:

INCORRECTO	CORRECTO
agora	ahora
aguaitar	acechar
a las veces	a veces
(al) pararse	al ponerse de pie
ansí	así
antier	anteayer
aquesto	esto
asaz	bastante
catar	mirar
denantes	antes
diz	dice
empero	pero
entrambos	ambos
escogencia	elección, selección
fidalgo	hidalgo
fierro	hierro
fijo	hijo
hartas	muchas
liviano	ligero, pronto
maguer	a pesar
más peor	mucho peor
hay mucho	muchísimo
pollera	falda
ponerse bravo	enfadarse, molestarse
por ende	por tanto
prometí de hacerlo	prometí hacerlo
rompido	roto
truje	traje
trujéronle	le trajeron
vasijas, cazos o ollas	vasijas, cazos u ollas
vide	vi
yantar	comer

ABOLIR

Infinitivo: abolir **Gerundio:** aboliendo **Participio:** abolido

Modo indicativo

Presente: abolimos, abolís *(Sólo se emplean estas personas.)*
Pret. impf.: abolía, abolías, abolía, abolíamos, abolíais, abolían.
Pret. indef.: abolí, aboliste, abolió, abolimos, abolisteis, abolieron.
Fut. impf.: aboliré, abolirás, abolirá, aboliremos, aboliréis, abolirán.
Pot. simple: aboliría, abolirías, aboliría, aboliríamos, aboliríais, abolirían.
Pret. pf.: he abolido.
Pref. ppf.: había abolido.
Pret. ant.: hube abolido.

Fut. pf.: habré abolido.
Pot. comp.: habría abolido.

Modo subjuntivo

Pres.: No se emplea.
Pret. impf.: aboliera/aboliese, abolieras/abolieses, aboliera/aboliese, aboliéramos/aboliésemos, abolierais/abolieseis, abolieran/aboliesen.
Fut. impf.: aboliere, abolieres, aboliere, aboliéremos, aboliereis, abolieren.
Pret. pf.: haya abolido.
Pret. ppf.: hubiera o hubiese abolido.
Fut. pf.: hubiere abolido.

Modo imperativo
Pres.: abolid. *(No se emplean las demás personas.)*

EJERCICIOS

I. Busque en el diccionario tres sinónimos de estas palabras.

1. aguaitar _____ _____ _____
2. catar _____ _____ _____
3. ponerse bravo _____ _____ _____
4. yantar _____ _____ _____
5. escogencia _____ _____ _____

II. Escriba las formas actuales de estos arcaísmos.

1. más peor _____
2. determiné de hacer _____
3. por ende _____
4. muy mucho _____
5. denantes _____
6. rompido _____
7. me quise morir _____
8. truje _____
9. y ingresó _____
10. diz que _____
11. ansí _____
12. agora _____
13. fidalgo _____

14. fijo _____
15. fierro _____

III. Indique con una cruz cuál es el artículo correcto.

1. la color ____   el color ____
2. el calor ____   la calor ____
3. la hambre ____   el hambre ____
4. la agua ____   el agua ____
5. la análisis ____ el análisis ____
6. el enema ____   la enema ____
7. la puente ____   el puente ____
8. el cochambre ____ la cochambre ____
9. la fantasma ____ el fantasma ____
10. la aceite ____ el aceite ____

IV. Responda a las preguntas siguientes.

1. ¿Qué es arcaísmo?

2. ¿Cuándo es posible emplear arcaísmos en la lengua culta?

V. Con la ayuda del diccionario, explique el significado de las palabras que se indican.

1. vide _____
2. fidalgo _____
3. maguer _____
4. aguaitar _____
5. escogencia _____

VI. Escriba cinco arcaísmos que no se hayan mencionado.

4. IMPROPIEDAD

Se entiende por impropiedad el uso de palabras, giros o expresiones con significado distinto de los que realmente tienen.

Entre las impropiedades más frecuentes se halla el empleo indebido de las palabras homónimas, como sería confundir *abrazarse,* por *abrasarse;* de las parónimas, al emplear *mortandad,* por *mortalidad* y, por último, de voces impropias, como sería *pasó desapercibido,* por *pasó inadvertido.*

Palabras homónimas

Cuando escribimos o hablamos solemos confundirnos en el uso de las palabras homónimas, que son aquellos vocablos que se pronuncian de modo parecido, pero cuya ortografía difiere, o bien de igual ortografía, aunque con diferente significado. Se llaman *homófonas* las que se pronuncian de modo parecido, pero tienen grafía diferente; las del igual grafía con significado diferente son las *homógrafas.*

Veamos una selección de palabras homónimas que con mayor frecuencia provocan dudas en la escritura:

abollado (hundido por golpe)	aboyado (finca con bueyes)
abrazarse (estrechar con los brazos)	abrasarse (quemarse)
agito (v. agitar)	ajito (ajo pequeño)
alagar (llenar de lagos)	halagar (mostrar afecto, admiración)
aprender (adquirir conocimientos)	aprehender (asir)
arrollo (v. arrollar)	arroyo (río pequeño)
as (campeón deportivo)	has (v. haber)
as (carta de la baraja)	haz (manojo, superficie)
Asia (continente)	hacia (preposición)
baca (elemento de transporte)	vaca (hembra del toro)

basar (asentar sobre base) — bazar (tienda, mercado oriental)
baya (fruto carnoso) — vaya (v. ir)
botar (v. arrojar, dar botes) — votar (emitir votos)
botas (calzado) — votas (v. votar)
cabo (punta, grado militar) — cavo (v. cavar)
callo (dureza, v. callar) — cayo (isla)
cause (v. causar) — cauce (de un río)
ceda (v. ceder) — seda (tejido)
cede (v. ceder) — sede (local, lugar)
cenado (v. cenar) — senado (cámara de senadores)
cepa (tronco de la vid) — sepa (v. saber)
ciego (invidente) — siego (v. segar)
ciervo (animal salvaje) — siervo (esclavo)
cierra (v. cerrar) — sierra (instrumento de corte)
cien (número) — sien (frente)
cocer (v. cocinar) — coser (v. coser)
combino (v. combinar) — convino (v. acordar)
desmallar (quitar mallas) — desmayar (desvanecer)
estibo (v. estibar) — estivo (de verano)
gira (excursión, viaje) — jira (trozo de tela)
graba (v. grabar) — grava (carga, tributo, piedrecillas)
grabe (v. grabar) — grave (de gravedad)
gragea (confite pequeño) — grajea (v. grajear)
halla (v. hallar) — haya (v. haber)
hasta (preposición) — asta (lanza, palo)
hojear (pasar las hojas) — ojear (escudriñar)
huso (instrumento para hilar) — uso (v. usar)
ingerir (tomar alimentos) — injerir (incluir algo)
La Haya (ciudad) — (la) aya (institutriz)
masa (volumen) — maza (arma de guerra)
nabal (tierra de nabos) — naval (de naves)
ola (onda marina) — ¡Hola! (interjección, saludo)
onda (ondulación) — honda (profunda)
sabia (que sabe) — savia (jugo de las plantas)
té (infusión) — te (pron. personal)
rayo (fenómeno atmosférico) — rallo (v. rallar)
rebelar (sublevarse) — revelar (fotografías, descubrir)
recabar (reclamar, conseguir) — recavar (volver a cabar)
riza (v. rizar) — risa (expresión de alegría)
vegete (v. vegetar) — vejete (dim. viejo)
veraz (verdadero) — verás (v. ver)
veta (vena, filón) — beta (letra griega)
vez (tiempo, turno) — ves (v. ver)
vidente (que ve) — bidente (dos dientes)
U (letra del alfabeto) — ¡Hu! (interjección)
zueco (calzado de madera) — sueco (de Suecia)

Palabras parónimas

Como ya señaláramos anteriormente, también se prestan a confusión las parónimas, que son los vocablos que se parecen por su etimología o por su forma, pero cuyos significados difieren.

Esta relación de parónimas nos ayudará a evitar posibles errores en el habla y en la escritura.

abeja (insecto)	oveja (animal ovino)
ábside (bóveda)	ápside (extremo de eje mayor)
accesible (que se puede acceder)	asequible (que se puede conseguir)
adoptar (de adopción)	adaptar (acomodar)
afecto (cariño, amistad)	efecto (resultado)
alaba (v. alabar)	Álava (prov. española)
alimenticio (que alimenta)	alimentario (rel. alimentación)
amoral (carente de moral)	inmoral (impúdico)
apertura (acción de abrir)	abertura (hendidura, grieta)
apóstrofo (signo ortográfico)	apóstrofe (figura retórica)
aptitud (ser hábil)	actitud (disposición)
apto (hábil)	acto (acción)
aria (parte de ópera)	haría (v. hacer)
arte (habilidad, talento)	harté (v. hartar)
ávido (ansioso)	habido (v. haber)
base (fundamento)	baza (intervenir en una cosa)
carear (someter a careo)	cariar (afección dental)
cesto (recipiente)	sexto (sexta parte)
complemento (lo que falta y se agrega)	cumplimiento (acción de cumplir)
contesto (v. contestar)	contexto (hilo o curso de un escrito)
cortejo (comitiva, agasajo)	cotejo (v. cotejar)
costo (gasto)	coste (precio en dinero)
cucharadita (lo que cabe en cuchara pequeña)	cucharita (cuchara pequeña)
deferencia (atención)	diferencia (diversidad)
desbastar (quitar tosquedad)	devastar (asolar)
desecar (poner seco)	disecar (preparar seres muertos)
destornillar (sacar tornillo)	desternillar (de risa)
desvelar (quitar el sueño)	develar (descubrir, revelar)
dulzura (calidad de dulce)	dulzor (sabor dulce)
enología (conocimiento vinícola)	etnología (ciencia sobre el origen de los pueblos)
escarcela (bolsa, mochila)	excarcela (v. excarcelar)
escita (de Escitia)	excita (v. excitar)
esclusa (dique, compuerta)	exclusa (v. excluir)
esotérico (oculto, reservado)	exotérico (común, vulgar)
especie (división de género)	especia (sustancia aromática)
espiar (observar con disimulo)	expiar (reparar culpa)
espirar (exhalar)	expirar (morir)

espolio (bienes restantes a la muerte de un obispo)	expolio (v. expoliar)
espulgar (quitar pulgas)	expurgar (purificar)
estasis (estancamiento sanguíneo)	éxtasis (arrobo)
estática (quieta)	extática (en éxtasis)
excitar (estimular, provocar)	hesitar (dudar, vacilar)
fragante (perfumado, oloroso)	flagrante (evidente)
honroso (que honra)	oneroso (gravoso)
infestar (causar estragos, abundar animales salvajes)	infectar (corromper, causar infección)
infringir (quebrantar)	infligir (imponer castigo)
israelita (pert. a la tribu de Israel)	israelí (ciudadano de Israel)
mejoría (disminución de enfermedad)	mejora (perfeccionamiento, adelanto, aumento)
molleja (apéndice glandular)	mollera (cráneo)
prejuicio (tener juicio previo)	perjuicio (daño)
salubre (saludable)	salobre (salado)
secesión (acción de separar)	sucesión (de suceder)
sesión (tiempo de reunión)	sección (sector, parte)
seso (cerebro)	sexo (diferencia física)
vagido (gemido)	vahído (desvanecimiento)
yendo (v. ir)	hiendo (v. hendir)
yerro (v. errar)	hierro (metal)
zaina (persona taimada)	zahína (planta)

Voces impropias

Dentro de este apartado tenemos, por último, las voces impropias. Se trata de expresiones o giros que constituyen verdaderos dislates. En este grupo se encuentran aquellas a las que se les supone un significado equivocado, impropio. Otras palabras son «creaciones» tan originales, pero tan disparatadas, que su empleo contraviene todas las normas gramaticales. Veamos algunos ejemplos.

SE DICE	POR
absenta	ajenjo, absintio
acesquible	asequible
afortunada (con buena suerte)	feliz
apropincuarse (acercarse)	apropiarse de
blondo (rubio)	rizado, ondulado, con ondas
cenotafio (monumento funerario sin cadáveres)	panteón (monumento sepultura)
cerúleo (de color azul)	color de cera
cursar (estudiar, tramitar)	correr, regir
demasiado gusto	mucho gusto
descambiar	cambiar
dictar clases	dar, explicar clases
dintel (parte superior de puertas o	umbral (parte inferior de la puerta)

SE DICE	POR
ventanas)	
enervar (quitar razón, debilitarse)	poner nervioso
excitar (provocar)	instar, incitar, invitar
franquear (abrir paso)	atravesar
insano (loco, demente)	malsano
latente (oculto, escondido)	latiente
latente (oscuro, secreto)	patente
lívido (amoratado, azulado)	pálido
manjar (comestible, alimento)	delicia, delicioso
ojiva (tipo de arco)	ventana gótica
piafar (patear, escarbar el caballo)	relinchar
regresar (volver)	devolver
saber (conocer)	soler (tener por costumbre)
sendos (uno para cada uno)	grande, descomunal
susceptible (que cambia fácilmente)	capaz
tópico (lugar común)	tema
vereda (camino estrecho)	acera
verso (cada línea de un poema)	poesía, poema

CABER

Infinitivo: caber **Gerundio:** cabiendo **Participio:** cabido

Modo indicativo

Pres.: quepo, cabes, cabe, cabemos, cabéis, caben.
Pret. indef.: cupe, cupiste, cupo, cupimos, cupisteis, cupieron.
Fut. impf.: cabré, cabrás, cabrá, cabremos, cabréis, cabrán.
Pot. simple: cabría, cabrías, cabría, cabríamos, cabríais, cabrían.

Modo subjuntivo

Pres.: quepa, quepas, quepa, quepamos, quepáis, quepan.
Pret. impf.: cupiera/cupiese, cupieras/cupieses, cupiera/cupiese, cupiéramos/cupiésemos, cupierais/cupieseis, cupieran/cupiesen.
Fut. impf.: cupiere, cupieres, cupiere, cupiéremos, cupiereis, cupieren.

CAER

Infinitivo: caer **Gerundio:** cayendo **Participio:** caído

Modo indicativo

Pres.: caigo, caes, cae, caemos, caéis, caen.
Pret. impf.: caía, caías, caía, caíamos, caíais, caían.
Pret. indef.: caí, caíste, cayó, caímos, caísteis, cayeron.
Fut. impf.: caeré, caerás, caerá, caeremos, caeréis, caerán.
Pot. simple: caería, caerías, caería, caeríamos, caeríais, caerían.

CAER

Modo subjuntivo

Pres.: caiga, caigas, caiga, caigamos, caigáis, caigan.
Pret. impf.: cayera/cayese, cayeras/cayeses, cayera/cayese, etc.
Fut. impf.: cayere, cayeres, cayere, cayéremos, cayéreis, cayeren.

Modo imperativo

Pres.: cae, caed.

EJERCICIOS

I. Escriba las palabras homónimas que corresponden a cada definición.

1. pasar las hojas ___*hojear*___ escudriñar ___*ojear*___
2. continente _____ preposición _____
3. grado militar _____ del v. cavar _____
4. calzado alto _____ del v. votar _____
5. onda marina _____ interjección, saludo _____
6. del v. cerrar _____ instr. de corte _____
7. calzado de madera _____ de Suecia _____
8. con alas _____ del v. halar _____
9. caja _____ tropa mora _____
10. microbio _____ del v. vacilar _____

II. Coloque junto a cada palabra la voz parónima correspondiente.

1. mortandad _____
2. esclusa _____
3. espiar _____
4. estática _____
5. yerro _____
6. ábside _____
7. amoral _____

8. salubre _____
9. abeja _____
10. deferencia _____
11. carear _____
12. cortejo _____
13. espulgar _____
14. secesión _____
15. apóstrofo _____

III. Rellene los espacios en blanco con la palabra correcta.

1. Trajo la rueca y el _____ (huso-uso) para comenzar a hilar.

   Esta expresión es de _____ (huso-uso) corriente.

2. Los cazadores han matado un _____ (ciervo-siervo) en el bosque.

   Los _____ (ciervos-siervos) de la gleba sufrían grandes penurias.

3. Tómate el _____ (te-té), porque se te va a enfriar.

   Desconozco lo que _____ (te-té) dijo, pero lo supongo.

4. Juan es un verdadero _____ (as-has) en el deporte de vela.

   ¿Qué _____ (as-has) hecho con mis guantes?

5. Ella usa pañales de _____ (deshecho-desecho) para su hijo pequeño.

   Me he encontrado _____ (deshecho-desecho) todo el tejido.

6. Las _____ (vacantes-bacantes) bailaban en honor a su dios del vino.

   El cartel dice que no hay plazas _____ (vacantes-bacantes).

7. ¡Caramba, se me han _____ (desmallado-desmayado) las medias!

   La chica se ha _____ (desmallado-desmayado) debido a la hipotensión.

8. La señora empleó a _____ (La Haya-la aya) inglesa para sus hijos.

   Viajaremos a _____ (La Haya-la aya) y a Londres.

   No es posible que él _____ (halla-haya) cometido ese delito.

   Mi abuela se _____ (halla-haya) ahora en el campo.

9. El _____ (barón-varón) de Beauchamp fue recibido por el rey.

   No hay un solo _____ (barón-varón) en el equipo.

10. No me agradan los juegos de _____ (azahar-azar-asar)

   La novia llevaba una corona de _____ (azahar-azar-asar)

   La cocinera ya empezó a _____ (azahar-azar-asar) el pato.

IV. Escriba en la columna B el número que corresponda a las palabras parónimas de la columna A.

A	B
1. contesto	___ infectar
2. complemento	___ disecar
3. escita	___ haría
4. accesible	___ coste
5. sesión	___ cumplimiento
6. espolio	___ contexto
7. afecto	___ vahído
8. base	___ excita
9. apertura	___ baza
10. aria	___ asequible
11. infestar	___ expolio
12. desecar	___ sección
13. costo	___ efecto
14. vagido	___ abertura

V. Escriba la forma correcta de estas voces impropias.

	Se quiere decir:	Se usa mal:	Se debe decir:
1.	Paso entre la calle y las casas	vereda	_____
2.	Monumento sepultura	cenotafio	_____
3.	Parte inferior de la puerta	dintel	_____
4.	Provocar	excitar	_____
5.	Un tipo de ventana	ojiva	_____
6.	Demacrado	lívido	_____
7.	Poco saludable	insano	_____
8.	Sonido de los caballos	piafar	_____

9. De gran tamaño   sendos   _____
10. Comida sabrosa   manjar   _____

VI. Con la ayuda del diccionario, explique en qué consiste la impropiedad en cada caso.

1. _____
2. _____
3. _____
4. _____
5. _____
6. _____
7. _____
8. _____
9. _____
10. _____

VII. Forme una oración con la palabra homónima correspondiente.

1. Se ha hecho tarde, y aún no hemos *cenado*.

_____

2. El abogado ignora en qué pruebas va a *basar* la defensa.

_____

3. Daremos un largo paseo *hasta* el lago.

_____

4. Debes calzarte las *botas*, porque está lloviendo.

_____

5. Su declaración ante el tribunal no ha sido *veraz*.

_____

6. El capitán ha hecho *ondear* todas las banderas al entrar en puerto.

_____

7. *Alambra* este prado antes de que se escape el ganado.

_____

8. Este elemento digital pertenece al sistema *binario*.

_____

9. Es necesario *recavar* la tierra.

10. El abuelo tiene una molestia en el *callo*.

VIII. Explique el sentido semántico de las palabras parónimas siguientes. Emplee el diccionario.

1. escarcela _____
   excarcela _____
2. esotérico _____
   exotérico _____
3. espirar _____
   expirar _____
4. infringir _____
   inflingir _____
5. apto _____
   acto _____
6. destornillar _____
   desternillar _____
7. molleja _____
   mollera _____
8. enología _____
   etnología _____
9. alimenticio _____
   alimentario _____
10. especie _____
    especia _____

IX. Busque en el diccionario el significado real de estas palabras.

1. apropincuarse _____
2. sendos _____
3. cursar _____

4. insano _____
5. latente _____
6. posible _____
7. saber _____
8. franquear _____
9. prever _____
10. descambiar _____

X. Rellene el espacio en blanco con la palabra correcta, seleccionada entre las que aparecen al final.

1. La bailarina se ha comprado una mantilla _____
   Como tiene el cabello _____ se lo enjuaga con manzanilla.
2. Se erigió un _____ en honor a los caídos en combate.
   Los caídos en combate fueron inhumados en el _____ nacional
3. El caballo _____ de impaciencia.
   Todos escuchamos cómo _____ el potrillo.
4. El mayordomo lo llamó desde el _____ de la puerta.
   El loro veía la cabeza de todos desde el _____ de la ventana.
5. El bardo dedicó un _____ a su amada.
   Este _____ no rima adecuadamente.
6. El atleta no es _____ de saltar tan alto.
   Esta norma no es _____ de enmienda.
7. No repitas más ese _____.
   Los congresistas trataron _____ de interés nacional.
8. ¿Cuándo vas a _____ el libro a la biblioteca?
   ¿Cuándo vas a _____ de la fiesta?
9. Esta injusticia es _____.
   El cirujano extrajo el corazón aún _____.
   La terrible enfermedad estaba _____.
10. Por causa de tantos golpes, amaneció _____.
    Inmediatamente antes del desmayo, se puso _____.

tópico, piafaba, ondulada, patente, poema, cenotafio, blondo, temas, latente, lívido, capaz, panteón, umbral, latiente, relinchaba, devolver, susceptible, pálido, dintel, verso, regresar.

XI. Forme oraciones con las palabras parónimas siguientes:
estasis/éxtasis; arte/harté; zaina/zahína; adoptar/adaptar; cesto/sexto.

1. _____
_____

2. _____
_____

3. _____
_____

4. _____
_____

5. _____
_____

XII. Identifique las siguientes parejas de palabras según sean homónimas, paronimas o impropias.

1. baca/vaca _____
2. ávido/habido _____
3. seso/sexo _____
4. onda/honda _____
5. baya/vaya _____
6. aprender/aprehender _____
7. yendo/hiendo _____
8. latente/patente _____
9. ingerir/injerir _____
10. gira/jira _____
11. ciego/siego _____
12. estibo/estivo _____
13. alaba/Álava _____
14. fragante/flagrante _____

15. bolear/volear _____
16. abollado/aboyado _____
17. bollero/boyero _____
18. accesequible/asequible _____
19. cucharadita/cucharita _____
20. honroso/oneroso _____

XIII. Coloque la letra correcta en el espacio en blanco.

1. ma__a (volumen)   ma__a (arma de guerra)
2. __u (letra del alfabeto)   ¡__u! (interjección)
3. __aba (semilla comestible)   __aba (medida antigua)
4. __ato (v. atar)   __ato (ganado, paquete)
5. al__ino (sin color)   al__ino (rel. al bajo vientre)
6. __ajilla (dim. baja)   __ajilla (servicio para comer)
7. __ocear (mover los labios los animales)   __ocear (dar voces)
8. com__ino (v. combinar)   con__ino (acordar)
9. gra__ea (confite)   gra__ea (v. grajear)
10. ve__ete (v. vegetar)   ve__ete (dim. viejo)

XIV. De las palabras que aparecen a la derecha, elija la voz homónima correspondiente al vocablo de la izquierda.

1. abrazarse _____   asarse, abrasarse, abrigarse
2. cepa _____   seda, sede, sepa
3. canto _____   cante, canto, cántico
4. taco _____   tacón, taco, tapón
5. lecho _____   leche, lechada, lecho
6. llama _____   llama, llana, llanura
7. veta _____   veto, beta, betún
8. acedera _____   acera, hacedera, asequible
9. ojalatero _____   ojalá, ojiva, hojalatero
10. cabo _____   cavar, rabo, cabo

5. SOLECISMOS

Es uno de los vicios más notorios de la lengua española, ya que contraviene las reglas de la sintaxis, sea en la concordancia, el régimen o la construcción.

Solecismo de concordancia

Se denomina solecismo de concordancia a la falta de conformidad que se establece entre las palabras variables de la oración. Los principales casos en que se presenta son los siguientes:

a) El adjetivo y el sustantivo concuerdan en género y número. Cuando se usa un adverbio, éste se mantiene invariable sin que concuerde con los demás elementos, aunque los modifique.

Ten presente mis palabras, por *Ten presentes mis palabras.*

Luisa es media sorda, por *Luisa es medio sorda.*

Toma veintiuna peseta, por *Toma veintiuna pesetas.*

b) El verbo concuerda con su sujeto en número y persona.

Soy uno de los que habla claro por *Soy uno de los que hablan claro.*
Lo que es yo no fumo, por *Lo que soy yo no fumo.*

En las dos oraciones se ha hecho concordar el sujeto —*yo*— con el verbo en tercera persona —*habla, es*—, lo que supone un error gramatical.

c) Cuando el verbo *haber* se usa en forma impersonal no admite concordancia, puesto que carece de sujeto.

Habían más de cien libros, por *Había más de cien libros.*

d) Cuando el pronombre personal de tercera persona sustituye o anticipa a un complemento, irá en el mismo género y número que dicho complemento.

<u>Le</u> tengo cariño <u>a los gatos,</u> por <u>Les</u> tengo cariño <u>a los gatos.</u>
 CI   CI   CI   CI

Solecismo de régimen (Uso de las preposiciones)

El solecismo de régimen es frecuente y consiste en la falta de dependencia que puedan tener las palabras entre sí y en el uso incorrecto de la preposición que exige cada verbo. Veamos el uso correcto de las principales preposiciones:

A expresa:

— MOVIMIENTO, DIRECCIÓN: *Voy a México.*
— PROXIMIDAD: *Se sentaron a la mesa.*
— TIEMPO: *Me levanto a las ocho.*
— LUGAR: *Se retiró a su habitación.*
— MODO: *Paguemos a medias.*
— CONDICIONAL: *A no ser por ella, no vendría.*

USO INCORRECTO DE **A**	CORRECTO
— *Desprecio a las cosas terrenas.*	Desprecio por las cosas terrenas.
— *Cien km a la hora.*	Cien km por hora.
— *Cocina a gas.*	Cocina de gas.
— *Olla a presión.*	Olla de presión.
— *A la menor brevedad.*	Con la menor brevedad.
— La construcción sintáctica: sustantivo + A + infinitivo: *Problemas a resolver,* es un galicismo.	Problemas que se han de resolver.

DE expresa:

— POSESIÓN: *El libro de Juan.*
— MATERIA: *Mesa de madera.*
— ASUNTO: *Diccionario de filosofía.*
— CUALIDAD: *Mujer de talento.*
— NÚMERO: *Dar de bofetadas.*
— ORIGEN: *Viene de Asia.*
— MODO: *Calló de repente.*
— TIEMPO: *Es de noche.*
— DELANTE DE UN INFINITIVO INDICA CONDICIÓN: *De haber estudiado, no habría suspendido.*

USO INCORRECTO DE **DE**	CORRECTO
— *Se ocupa de cuidar a los niños.*	*Se ocupa en cuidar a los niños.*
— *Paso de peatones.*	*Paso para peatones.*
— *Abrigos de señora.*	*Abrigos para señoras.*
— *De consiguiente.*	*Por consiguiente.*

A veces se omite de forma incorrecta:

— *Se olvidó que tenía que venir.*	*Se olvidó de que tenía que venir.*

EN expresa:

— MOVIMIENTO: *Entró en el cine.*
— REPOSO ESTÁTICO: *Reside en San Juan.*
— TIEMPO: *Estamos en otoño.*
— MODO: *Habla en susurros.*
— MEDIO: *Habla en alemán.*
— PRECIO: *Se vendió en dos millones.*
— CAUSA: *Se le apreciaba en su sonrisa.*

USO INCORRECTO DE **EN**	CORRECTO
— *Voy en casa de mis abuelos.*	*Voy a casa de mis abuelos.*
— *Sentarse en la mesa.*	*Sentarse a la mesa.*
— *Ir en dirección Norte.*	*Ir con dirección Norte.*
— *Figura en barro.*	*Figura de barro.*

Las expresiones:

Viajamos en la noche *(por o durante la noche)*
Vivir en príncipe *(como o a lo príncipe)*
son galicismos o anglicismos que deben evitarse.

PARA expresa:

— DIRECCIÓN: *Voy para tu casa.*
— TIEMPO: *Lo dejaré para mañana.*
— ANTICIPACIÓN DE UN HECHO: *El día está para llover.*
— FIN: *Es un buen libro para consultar las dudas.*

USO INCORRECTO DE **PARA**	CORRECTO
— *Pastillas para la tos.*	*Pastillas contra la tos.*
— *Polvos para insectos.*	*Polvos contra insectos.*

POR expresa:
— TIEMPO: *Por aquel entonces.*
— LUGAR: *Vivo por la zona antigua.*
— MEDIO: *Lo envió por carga aérea.*
— MODO: *Lo hizo por miedo.*
— CAUSA: *Lo ayudó por la amistad que le tenía.*
— CON INFINITIVO DA IDEA DE FUTURO: *Está por ver.*

USO INCORRECTO DE **POR**	CORRECTO
— *Tiene afición por las antigüedades.*	*Tiene afición a las antigüedades.*
— *Por mando del director.*	*De mando del director.*
— *Una ropa de estar por casa.*	*Una ropa de estar en casa.*
— *Me iré por siempre.*	*Me iré para siempre.*

Solecismo de construcción

El solecismo de construcción es la mala disposición de las palabras en la oración.

Para evitar el solecismo de construcción recordemos que toda oración consta de dos miembros: sujeto y predicado. El sujeto es de quien se habla; el predicado es aquello que se dice del sujeto. El predicado tiene como núcleo un verbo, y este verbo, a su vez, es modificado por los complementos: complemento directo (CD), complemento indirecto (CI) y los complementos circunstanciales (CC).

En español existe una libertad bastante flexible para la ordenación de las partes de la oración. La ordenación generalmente está en función de factores estilísticos o de la intención del que habla o escribe.

En términos generales los elementos principales van delante de los secundarios, en este orden:

SUJETO	PREDICADO
	Verbo | CD | CI | CC

```
   S.              PREDICADO
Juan ha comprado un libro para su hijo en la librería Prometeo.
       V.         CD.       CI.              CCL.
```

El sujeto ocupa el primer lugar y le sigue el predicado. Dentro del predicado, al verbo le siguen el CD, el CI y el CC.

Cuando el CD y el CI son substituidos por pronombres personales, éstos se sitúan delante del verbo:

He comprado un paraguas para mi abuela.
     CD   CI

Se lo he comprado.
CI CD

En cuanto a los complementos circunstanciales, éstos tienen una mayor movilidad. Al estar acompañados generalmente por una preposición, no existen dificultades para su localización. Su posición en la oración dependerá del énfasis que se desee poner en ellos.

*Te visitaré **el domingo próximo**.*
***El domingo próximo** te visitaré* (si se desea destacar el día).

Otros elementos de la oración se ordenan así:

— El artículo antecede al sustantivo:

***El** gato es observador.*
***La** foto es pequeña.*

— El adjetivo calificativo puede ir delante o detrás del sustantivo que acompaña, según la intención del que habla o escribe:

*Es un **gran** hombre.*
*Es un hombre **grande**.*

— Los adjetivos demostrativos:

a) Los posesivos van delante del sustantivo:
 ***Mi** tía es economista.*
 ***Tus** libros son nuevos.*

b) Los demostrativos van delante del sustantivo:
 ***Esta** casa me gusta.*
 ***Aquel** niño es mi hijo.*

c) Los numerales cardinales van delante del sustantivo:
 *Déme **diez** entradas.*
 *El joven tiene **quince** años.*

d) Los numerales ordinales van delante o detrás del sustantivo:
 *Quedó en el **primer** lugar.*
 *Búscalo en el tomo **quinto**.*

— El adverbio cuando acompaña a un adjetivo va delante:

*Es una mujer **muy** inteligente.*
*Es una persona **poco** agradable.*

Si acompaña a un verbo se coloca detrás:
*Caminaba **lentamente**.*
*Escribe **rápido**.*

— En la oración interrogativa siempre va delante el pronombre interrogativo:
*¿**Qué** opinas?*
*¿**Cómo** lo harán?*
*¿**Cuándo** llegaron?*

Recuerde que cuando el verbo tiene la desinencia propia de la persona conjugada no es necesario poner el pronombre:

INCORRECTO	CORRECTO
¿Qué tú dices?	*¿Qué dices?*
¿Cuándo llegó él?	*¿Cuándo llegó?*
¿Cómo lo haremos nosotros?	*¿Cómo lo haremos?*

Solecismos frecuentes

INCORRECTO	CORRECTO
a cada cual más	a cual más
a causa de	por causa de
a condición que	a condición de que
acordarse que	acordarse de que
ahí fue Troya	allí fue Troya
al objeto de	con objeto de
así es de que	así es que
asunto a resolver	asunto que resolver
con o sin cadena	con cadena o sin ella
dado a que	dado que
¿de qué han quedado?	¿en qué han quedado?
día a día	día tras día, día por día
dieciocho peso	dieciocho pesos
difamado de a traición	difamado a traición
distinto a	distinto de
dolor a los riñones	dolor de riñones
dormí a casa de Pedro	dormí en casa de Pedro
dos veces a la semana	dos veces por semana
en pos suyo	en pos de él
en relación a	en relación con, con relación a
hasta tanto nos llaman	hasta tanto nos llamen
ir a compras	ir de compras
ir a por	ir por; ir en busca de
jugar en solitario	jugar solo, solitariamente
junto o separado a él	junto a él, o separado
la abogado	la abogada
la di (a ella)	le di

INCORRECTO	CORRECTO
la expresé (a ella)	le expresé (a ella)
labor a efectuar	labor que hay que efectuar, labor que ha de efectuarse
la pegó (a la niña)	le pegó (a la niña)
la perra guardián	la perra guardiana
las dije (a ellas)	les dije (a ellas)
le dijeron de que	le dijeron que
libros a vender	libros que vender
lo compré caramelos a Juan	le compré caramelos a Juan
luego de que	luego que
lugares en México	lugares de México
mandé a trabajar (ordené)	mandé trabajar
mandé casa (envié)	mandé a casa
mandó a matar (ordenó)	mandó matar
me quedé tu bolso	me quedé con tu bolso
mediante a	mediante
mucho gusto de	mucho gusto en
niños y niñas estudiosas	niños y niñas estudiosos
no obstante a/de	no obstante
90 km a la hora	90 km por hora
ocuparse de	ocuparse en
olvidarse comprar	olvidarse de comprar
olvidé de comer	olvidé comer
olvidarse que	olvidarse de que
pan y/o vino	pan, vino o ambos
pienso en intelectual	pienso como intelectual
por motivo a	por motivo de
presentar con la señora	presentar a la señora
problema a dilucidar	problema que dilucidar
prosigamos a trabajar	prosigamos trabajando
puede ser de que	puede ser que
¿qué lo hizo?	¿qué hizo él?, ¿qué hizo de él?
que los curen (los ojos) a ellos	que les curen (los ojos) a ellos
quedaron de venir	quedaron en venir
recomendar con mi amigo	recomendar a mi amigo
recurrir con alguien	recurrir a alguien
se metió monja	se metió a monja
se olvidó estudiar	se olvidó de estudiar
tal cual como	tal cual, tal como
trabajar de sentado	trabajar sentado
una vez termine	una vez que termine
uno de los que trabaja	uno de los que trabajan
ve con el médico	ve al médico
venir a esta condición	venir con esta condición, venir bajo esta condición
vienen obligados a	están obligados a

EJERCICIOS

I. Corrija los solecismos que aparecen a continuación.

1. en relación a _____
2. ir a por _____
3. la dijo a ella _____
4. con o sin cadena _____
5. olvidarse que _____
6. puede ser de que _____
7. lugares en Colombia _____
8. venir a esta condición _____
9. dolor al hígado _____
10. no obstante a su fe _____

II. Escriba la preposición que pide cada verbo. Absténgase cuando el verbo no necesite preposición alguna.

1. proseguir _____ leyendo
2. quedar _____ casa
3. ir _____ compras
4. recurrir _____ mi jefe
5. acordarse _____ es domingo
6. presentar _____ mi amigo
7. trabajar _____ pie

8. difamar _____ traición
9. quedaron _____ salir
10. ocuparse _____ sus asuntos

III. Escriba una oración con cada una de las preposiciones siguientes:

a _____
con _____
de _____
en _____
hacia _____
hasta _____
para _____
por _____
sin _____
sobre _____

IV. Con cada uno de los grupos de palabras siguientes forme frases sintácticamente correctas.

1. cual - sospecha - en - caso - se - premeditación - el - del - hablé - le.

2. guiar - no - interés - por - debes - el - dejarte - sólo.

3. porque - mi - no - ayer - madre - llamó - la - me - yo - visité.

4. medio - el - en - muy - ese - conocido - este - autor - es - libro - de.

5. diré - deja - padre - a - de - o - silbar - tu - de - se - lo.

6. este - es - practicado - imposible - ejercicio - si - realizar - antes - ha - se - no.

7. lago - vi - mientras - los - junto - parque - en - al - paseaban - el.

8. tus - olvides - el - consiste - que - remedio - los - de - males - en.

_____

9. sin - le - con - ciudades - dijeron - coche - Italia - que - o - viajar - él - a - podía - con.

_____

_____

10. restaurante - ambos - en - cerveza - la - vino - o - del - carta - ofrecían.

_____

V. Coloque una cruz en los espacios en blanco situados detrás de cada expresión indicando los solecismos existentes.

1. no obstante a   _____
2. dieciocho centavo   _____
3. a cual más   _____
4. hasta tanto nos llaman _____
5. así es que   _____
6. 50 km a la hora   _____
7. correr en solitario   _____
8. vivir en pobre   _____
9. diferente a   _____
10. ir con el médico   _____

VI. Defina si los solecismos que aparecen seguidamente son faltas de concordancia, de régimen o de construcción.

1. le dije la verdad a mis amigos   _____
2. hombres y mujeres trabajadoras   _____
3. recomiendo con mi tío   _____
4. viene inspirado por   _____
5. mucho gusto de conocerla   _____
6. él es de los que miente   _____
7. luego de que llegó   _____

8. junto o separado al coche   _____
9. abrigos de caballeros   _____
10. le di mi opinión a los alumnos   _____

VII. Enlace la frase o la palabra, por medio de una línea, a la preposición correcta que se encuentre entre las tres de la derecha.

1. tal cual
    como
    que
    a

2. vendrán a condición
    que
    según
    de que

3. Navegó a unos 20 nudos
    a la hora
    cada hora
    por hora

4. El contrato llegó
    bajo esta condición
    a esta condición
    con esta condición

5. Tienen varios asuntos
    por resolver
    que resolver
    a resolver

6. Hemos decidido quedarnos
    a casa
    dentro casa
    en casa

7. Preséntame
    con el director
    al director
    ante el director

8. Se olvidó
    venir
    que venir
    de venir

9. Le gusta pasear
    solitariamente
    solo
    en solitario

10. cuatro veces
    al mes
    en mes
    por mes

VIII. Escriba la palabra —adjetivo o verbo— que concuerde con cada nombre.

1. color _____ (cálido/cálida)
2. él y yo _____ (estudio/estudiamos)
3. pantalones y chaquetas _____ (oscuros/oscuras)
4. lengua y literatura _____ (inglesa/inglesas)
5. la gente se _____ (rió/rieron)
6. la mayoría _____ (decidió/decidieron)
7. _____ artistas e intelectuales (famosos/famosas)
8. calles y callejones _____ (sinuosos/sinuosas)
9. medias y corbata _____ (moderna/modernas)
10. aguamarina _____ (preciosa/precioso)

IX. Subsane los errores en las frases que aparecen a continuación.

1. No iré dado a que no me invitaron.
_____

2. ¿Qué hicistes el pañuelo que te regalé?
_____

3. ¿Qué tú dices sobre este asunto?
_____

4. Pedro se lo ríe día a día, porque le tiene envidia.
_____

5. Me quedé tu cuadernos para copiar la tarea.
_____

6. Al salir del baile comenzaron a discutir y ahí fue Troya.
_____

7. Me olvidé comprar la bicicleta.
_____

8. Le comunicaron de que tenía que pagar la cuenta mañana.
_____

9. No quiero saber nada con ella.
_____

10. ¿El perro lo venden con o sin cadena?
_____

X. Escriba el pronombre correcto.
Por ejemplo:
Besé a la niña			*La besé*

1. Llame a Roberto y Tina.		_____
2. Compraste libros a José.		_____
3. Llevamos bolsos.			_____
4. Dije a María.			_____
5. Repitieron la lección.		_____
6. Visitaron el museo.		_____
7. Dieron pan al perro.		_____
8. Comieron la carne y el arroz.	_____
9. Regalaron globos a los niños.	_____
10. Emplearon las tijeras.		_____

6. VULGARISMOS

Este término se refiere a las expresiones morfológicas, fonéticas o sintácticas que emplean las personas incultas, o que se introducen subrepticiamente en el lenguaje familiar por descuido.

Existen vulgarismos comunes a todo el ámbito hispanohablante. Otros, en cambio, se circunscriben a una zona geográfica reducida.

Los vulgarismos tienen su origen, por lo general, en estas tendencias:

— SUPRESIÓN DE CONSONANTES, VOCALES O SÍLABAS FINALES:
    pa qué, por *para qué*
    ná má, por *nada más*

— SUPRESIÓN DE CONSONANTES INTERVOCÁLICAS:
    pare, por *padre*
    fielísimo, por *fidelísimo*

— REGULARIZACIÓN DE TERMINACIONES VERBALES:
    cabo, por *quepo*
    mezco, por *mezo*

— MAL USO DE VOCALES TÓNICAS:
    pior, por *peor*
    mijor, por *mejor*

— ALTERACIÓN DE CONSONANTES:
    hablal, por *hablar*
    ginnasio, por *gimnasio*

— SUPRESIÓN DE DIPTONGOS O FORMACIÓN DE OTROS IMPROPIOS:
    asola, por *asuela*
    tualla, por *toalla*

— IMPROPIEDAD EN EL USO DE PREPOSICIONES:
    ir a por en lugar de *ir por*
    cuanto que yo por *en cuanto yo*

Los errores que se cometen en el habla vulgar son muy variados, pues la ignorancia de las normas elementales de la gramática es un magnífico caldo de cultivo para estos despropósitos. Por eso nos limitaremos a unos pocos ejemplos, para dar así una idea general de este vicio idiomático.

Vulgarismos frecuentes

INCORRECTO	CORRECTO
a cuenta de	por cuenta de
a la que	cuando
a que	para que
a la mejor	a lo mejor
a poco	poco, casi
a pretexto de	bajo, so, con el pretexto de
a virtud de	en virtud de
al ojo	a ojo
abuja, aúja	aguja
aburrición	aburrimiento
acá (en una presentación)	este señor, esta señora
agarré y + pron. + verbo	entonces, + pron. + verbo
(agarré y me fui)	(entonces, me fui)
ajuntarse, arrejuntarse	juntarse
alante	adelante, delante
ambos dos	ambos
amoníaco	amoniaco
arriba	encima de
asola	asuela
calcamonía, calcomonía	calcomanía
camioneta, camión	autobús, autocar
carnecería	carnicería
casi que	casi
ceviles	civiles
cogí y + pron. + verbo	entonces, + pron. + verbo
(cogí y me callé)	(entonces, me callé)
con mí	conmigo
con mí mismo	conmigo
con motivo a	con motivo de, debido a
con todo y eso	con todo, a pesar de todo
contra más	cuanto más, pues
costreñir	constreñir
cozan	cuezan
cuanto que yo	en cuanto yo
de fijo	seguro
de que han quedado	en que han quedado
de seguro que	seguro que
deciba	decía
delante mío	delante de mí
diario (por diariamente)	a diario

INCORRECTO	CORRECTO
en cuanto que	en cuanto
en favor mío	a mi favor, en mi favor
en lo que	mientras, cuando
en tal caso	en ese caso, en todo caso
enfrente de mí	frente a mí
era primera vez	era la primera vez
está maldecido	está maldito
familia	pariente, familiar
¡fenómeno!	¡magnífico!
fielísimo	fidelísimo
forza	fuerza
ginasia, ginnasia	gimnasia
Grabiel	Gabriel
haiga	haya
ir a lo de	ir a casa de
ir donde mi hermano	ir a casa de mi hermano
ir en casa de	ir a casa de
istitución	institución
istituto	instituto
la han bendito	la han bendecido
las otras noches (una sola)	la otra noche
lo más	muy
los más	la mayor parte
los otros días (uno solo)	el otro día, en días pasados
manesia	magnesia
más buenísimo	bonísimo, mejor
más mucho	mucho más, sobre todo
más nada	nada más
más nadie	nadie más
más que	aunque, por más que
mayormente	mucho más, más, principalmente
melecina	medicina
menos peor, menos mejor, menos después	mucho peor, mucho mejor, mucho después
mesa de camilla	mesa camilla
mijor	mejor
mismamente	verdaderamente, realmente
mucha mayor	mucho mayor
mucho gusto de conocerlo	mucho gusto en conocerlo
muy mucho	mucho más
ná	nada
ná má	nada más, ni bien
nadie de nosotros	ninguno, ninguna
naide	nadie
no más	sólo
pal	para el
pamí, patí	para mí, para ti

INCORRECTO	CORRECTO
paquí, pacá	para aquí, para acá
pasado meridiano	de la tarde, de la noche
pelegrino	peregrino
(el) personal	personas, gentes, ellos
pior	peor
pol	por, por el
pueda ser que	puede ser que
quedar	dejar
querramos	queramos
recién llegué	acabo de llegar
recién mañana	hasta mañana
recordarse de	acordarse de, recordar
salcocho	sancocho
satisfació	satisfizo
se enfermó del pecho	enfermó del pecho
se restrega	se restriega
semos	somos
señá, señó	señora, señor
sinmigo	sin mí
también no	tampoco
te se cayó	se te cayó
tiatro	teatro
tié	tiene
tiniente	teniente
torza	tuerza
usté, ustede	usted, ustedes
y qué se yo qué	y qué sé yo
yazo	yazco, yazgo, yago
yo de usted	yo que usted, yo en su lugar

Al llegar a este punto, es oportuno señalar que los vulgarismos pueden ser, a la vez, barbarismos, solecismos, arcaísmos, etc. Cuando decimos que se trata de una voz vulgar, nos referimos al nivel propio de personas incultas o rústicas. Existen vicios idiomáticos que son exclusivos de este nivel, pues difícilmente los encontraremos en la lengua familiar o culta. Ejemplos de esto serían: *mismamente, aburrición, señá,* entre otros.

Por otra parte, hay vulgarismos muy extendidos en ciertas zonas geográficas, y no es extraño leerlos incluso en la prensa, no como reflejo textual del modo de hablar de una persona determinada, sino que el periodista los empleó por su uso generalizado en una supuesta lengua culta. Por ejemplo: *recién llegó, ir a por, de seguro que,* etc. Pero no dejan de ser vulgarismos inadmisibles, porque contravienen normas gramaticales de nuestra lengua.

A su vez, existen barbarismos, extranjerismos o solecismos que —aunque también son empleados por personas de poca cultura— no son verdaderos vulgarismos, porque se encuentran incluso en la lengua culta como resultado de algún descuido ocasional. Estos vicios pueden estar presentes en palabras pertenecientes al nivel culto o científico, por lo que se excluye, entonces, la posibilidad de considerarlos como vulgarismos. Podrían ser palabras como *antifebrífugo, acimuts, palenteólogo* y muchas más.

Como puede variar de un país a otro el empleo de una expresión o giro, se ha de considerar en cada caso su inclusión en los vulgarismos, o no. Ha de tenerse en cuenta, por tanto, que en esta relación de voces vulgares no hemos incluido todas las que aparecen en este libro, pues se ha preferido relacionarlas por su defecto específico. De este modo, *díceselo* aparece en los barbarismos; *antier,* en los arcaísmos; *seibó,* en los extranjerismos, aunque también sean vulgarismos.

No olvidemos, por último, que existe también un habla baja urbana. Como varía regularmente, ya que no es propia de nuestra lengua, y como difiere de un país a otro, no puede considerarse entre estos vulgarismos. Muestras de estas jergas serían el lunfardo argentino, el cheli español, la coa chilena o la replana peruana.

COCER

Infinitivo: cocer   **Gerundio:** cociendo   **Participio:** cocido

Modo indicativo

Pres.: cuezo, cueces, cuece, cocemos, cocéis, cuecen.

Modo subjuntivo

Pres.: cueza, cuezas, cueza, cozamos, cozáis, cuezan.

Modo imperativo

Pres.: cuece, coced.

EJERCICIOS

I. Escriba las formas correctas.

1. enfrente de mí   _____
2. me recuerdo de   _____
3. te se perdió   _____
4. está maldecido   _____
5. yo de usted no opinaba   _____
6. a virtud de   _____
7. ir donde mi tía   _____
8. cuanto que yo   _____
9. irás sinmigo   _____
10. ¡Qué aburrición!   _____

II. Escriba las oraciones siguientes empleando la forma culta.

1. Siéntate atrás de tu hermano.
   _____

2. Marisa quiere pegar calcamonías en la cocina.
   _____

3. Señá Dora, pueda ser que hoy vaya en casa de su hijo.
   _____

4. Hay que saber qué es lo pior y qué es lo mijor.
   _____

5. Carlitos descolla por sus caleficaciones en el istituto.

6. No confundas la ginasia con la manesia.

7. Coloca el florero sobre la mesa de camilla.

8. ¡Qué aburrición tan grande!

9. El cardo te hará bien para la gripe.

10. Midió la habitación al ojo.

11. A la mejor habla en favor mío.

12. Deciba a tu padre que puede venir diario.

13. ¡Hoy hace un día más buenísimo!

14. Con todo y eso, no me agrada su compañía.

15. Naide sabe de fijo cuándo partirá el tren.

III. Escriba la voz culta que corresponda a cada uno de estos vulgarismos y redacte una oración con ella.

1. yo de usted _____

2. querramos _____

3. pelegrino _____

4. de seguro que _____

5. nadie de nosotros _____

6. los medios días _____

7. menos peor _____

8. abuja _____

9. fielísimo _____

10. forza _____

IV. ¿Qué jergas conoce usted?
_____

Mencione algunas palabras propias de esas jergas.
_____
_____

V. Explique la diferencia entre nivel vulgar y jerga.
_____
_____

VI. Mencione cinco vulgarismos que no aparezcan en este libro.
_____ _____ _____ _____ _____

VII. Subraye los vulgarismos que encuentre en este grupo de palabras.

1. ordenanza   4. amoniaco
2. tiatro   5. pesetaza
3. altísimo   6. narices

7. torza
8. carnecería
9. a cuenta de
10. por lo que veo
11. camioneta
12. ninguno
13. yazgo
14. costreñir
15. ante meridiano
16. por la mañana
17. restrega
18. estrujar
19. cuchichiar
20. comidilla

VIII. Escriba la voz correcta de todos ellos y forme oraciones.

IX. Explique por qué son incorrectas estas formas verbales. Consulte la Segunda Parte del libro para conocer las conjugaciones de los verbos.

satisfació

querramos

haiga

la han bendito

yazo

SEGUNDA PARTE

7. OTROS MALES DEL LENGUAJE

Anfibología

Término derivado del vocablo griego «amphibolia», que significa equívoco, ambigüedad. Se aplica a toda palabra, expresión o modo de hablar que puede conducir a más de una interpretación. Por extensión comprende toda expresión oral o escrita que implica imprecisión o confusión.

Al redactar un texto, es necesario tener presente este error tan frecuente que lleva a vicios anfibológicos de diversas clases, como los siguientes.

1. EN EL EMPLEO DEL PRONOMBRE RELATIVO:

Este es el mercado de la ciudad, cuya fundación data del siglo XV.

¿Qué se fundó en el siglo XV: el mercado o la ciudad? Puede decirse:

Este es el mercado de la ciudad, fundado en el siglo XV.

Con el participio masculino *fundado* se elimina la duda, pues ya no puede tratarse de la ciudad.

2. EN EL ORDEN DE LOS COMPLEMENTOS:

Pedro recomienda a Juan a Luis.

¿A quién recomienda Pedro? Para aclararlo será preciso decir:

Pedro recomienda Juan a Luis.

O: *Pedro recomienda Luis a Juan.*

3. POR OMISIÓN INCORRECTA DEL SUJETO:

Ellos trabajaban con sus abuelos; tenían un pequeño taller.

¿Quién tenía un pequeño taller, los abuelos o ellos? Lo correcto sería:

Ellos trabajaban con sus abuelos; éstos tenían un pequeño taller.
O: *Ellos trabajaban con sus abuelos; aquéllos tenían un pequeño taller.*

4. AMBIGÜEDAD EN EL EMPLEO DE PRONOMBRES POSESIVOS:

Antonio se dirigió a casa de José en su automóvil.

¿A quién pertenecía el automóvil? Se dirá:

Antonio se dirigió en su automóvil a casa de José.

5. AMBIGÜEDAD EN EL EMPLEO DE PRONOMBRES PERSONALES DE LA TERCERA PERSONA:

La chica despidió, por orden de su madre, al novio que la había ofendido.

¿A quién ofendió el novio? Lo correcto es, en este caso, invertir la oración:

Por orden de su madre, la chica despidió al novio que la había ofendido.

6. USO INOPORTUNO DEL GERUNDIO:

Antonio observó a su hermano llorando.

¿Quién lloraba? Se dirá:

Llorando, Antonio observó a su hermano.
O: *Antonio observó que su hermano lloraba.*

7. OMISIÓN O MAL USO DE LA PREPOSICIÓN CON EL COMPLEMENTO:

Es obligatorio declarar a los visitantes al director.

Se dirá:

Es obligatorio declarar los visitantes al director.

Otros ejemplos de anfibología:

> AMBIGUO: *Se alquila apartamento para matrimonio recién remozado.*
> SE DIRÁ: *Se alquila apartamento recién remozado para matrimonio.*
>
> AMBIGUO: *Contesto a la suya del mes pasado.*
> SE DIRÁ: *Contesto a su carta del mes pasado.*

AMBIGUO: *Entraba cuando salía.*
SE DIRÁ: *Entraba cuando él salía.*
O: *Cuando él salía, yo entraba.*

AMBIGUO: *El padre quiere a su hijo, porque es bueno.*
PUEDE SER: *Porque es bueno, el padre quiere a su hijo.*

AMBIGUO: *Mi hermano dio clases esta mañana.*
SE ESPECIFICARÁ: *Mi hermano recibió clases esta mañana.*
O: *Mi hermano impartió clases esta mañana.*

AMBIGUO: *El huésped se comportó dignamente.*
SE ESPECIFICARÁ: *El anfitrión se comportó dignamente.*
O: *El invitado se comportó dignamente.*

AMBIGUO: *Llegaron los de él de visita.*
SE DIRÁ: *Llegaron de visita los familiares de él.*

AMBIGUO: *Botella de agua de plástico.*
ES PREFERIBLE: *Botella de agua en plástico.*
O: *Botella de plástico para agua.*

CONDUCIR

Infinitivo: conducir   **Gerundio:** conduciendo   **Part.:** conducido

Modo indicativo

Pres.: conduzco, conduces, conduce, conducimos, conducís, conducen.
Pret. indef.: conduje, condujiste, condujo, condujimos, condujisteis, condujeron.

Modo subjuntivo

Pres.: conduzca, conduzcas, conduzca, conduzcamos, conduzcáis, conduzcan.
Pret. impf.: condujera/condujese, condujeras/condujeses, condujera/condujese, condujéramos/condujésemos, condujérais/condujéseis, condujeran/condujesen.
Fut. impf.: condujere, condujeres, condujere, condujeremos, condujereis, condujeren.

Cacofonía

Es un vicio del idioma que se expresa en la repetición seguida de sonidos desagradables al oído y a la sensibilidad. Por extensión se aplica a toda incorrección poética o a cualquier palabra malsonante o de poco gusto. El descuido conduce a la acumulación de palabras con sonidos iguales o similares, y ésta lleva, a su vez, a la cacofonía. Un buen método para evitar la cacofonía es acudir a los sinónimos adecuados.

Veamos algunos ejemplos:

¿Tomó el alhelí con frenesí?	*¿Tomó el alhelí frenéticamente?*
El rojo reflejo de la frente ardiente...	*El cárdeno reflejo de la frente que ardía...*
No sé por qué está tan tonta Titina.	*No me explico por qué es tan simple Titina.*
Con enamorarse ella de mí y yo de ella.	*Ella y yo nos enamoramos uno del otro.*
El rigor abrasador del calor me causó dolor y temor	*La severidad abrasadora del calor me causó malestar y miedo.*
Con un sentimiento de miedo miró morir la materia.	*Con una sensación de temor observó fenecer la materia.*
Cantando y bailando, se fue acercando.	*Mientras cantaba y bailaba, se fue acercando.*
Ella se sentía una estrella en Marbella.	*Ella se sentía muy importante en Marbella.*
La atroz zozobra que padeció la enferma.	*La cruel zozobra que padeció la enferma.*
La lluvia en la villa, ¡qué maravilla!	*La lluvia en el pueblo, ¡qué prodigio!*
Solamente me vino a la mente un pariente.	*Sólo me vino a la memoria un pariente.*

DECIR

Infinitivo: decir **Gerundio:** diciendo **Participio:** dicho

Modo indicativo

Pres.: digo, dices, dice, decimos, decís, dicen.
Pret. impf.: decía, decías, decía, decíamos, decíais, decían.
Pret. indef.: dije, dijiste, dijo, dijimos, dijisteis, dijeron.
Fut. impf.: diré, dirás, dirá, diremos, diréis, dirán.
Pot. simple: diría, dirías, diría, diríamos, diríais, dirían.

Modo subjuntivo

Pres.: diga, digas, diga, digamos, digáis, digan.
Pret. impf.: dijera/dijese, dijeras/dijeses, dijera/dijese, dijéramos/dijésemos, dijerais/dijeseis, dijeran/dijesen.
Fut. impf.: dijere, dijeres, dijere, dijéremos, dijereis, dijeren.

Modo imperativo

Pres.: di, decid.

DORMIR

Infinitivo: dormir **Gerundio:** durmiendo **Participio:** dormido

Modo indicativo

Pres.: duermo, duermes, duerme, dormimos, dormís, duermen.
Pret. indef.: dormí, dormiste, durmió, dormimos, dormisteis, durmieron.

> DORMIR
>
> **Modo subjuntivo**
>
> *Pres.:* duerma, duermas, duerma, durmamos, durmáis, duerman.
> *Pret. impf.:* durmiera/durmiese, durmieras/durmieses, durmiera/durmiese, durmiéramos/durmiésemos, durmierais/durmieseis, durmieran/durmiesen.
> *Fut. impf.:* durmiere, durmieres, durmiere, durmiéremos, durmiereis, durmieren.
>
> **Modo imperativo**
>
> *Pres.:* duerme, dormid.

Monotonía

Vicio del lenguaje que consiste en emplear repetidamente los mismos vocablos, giros o construcciones en una oración o párrafo. Se aplica a toda falta de variedad que suponga pobreza de vocabulario.

La repetición de construcciones sintácticas, la falta de armonía y la incoherencia en los períodos conduce al que escucha o lee a la desatención.

Monotonía es sinónimo de pobreza lingüística. Resulta corriente tomar ciertas palabras como muletillas, repitiéndolas hasta la saciedad. Así ocurre con ciertas voces que no definen con precisión lo que se desea expresar. Este es el caso, en Venezuela, del vocablo *vaina*, que sirve para indicar desde la extracción de una muela hasta para nombrar un mueble. En México sucede lo mismo con la expresión *mero*. En Argentina tienen la palabra *cosa*, y así con otros términos en los demás países hispanohablantes. En España se abusa de expresiones como *y tal, vale, chisme* y otras que ponen de manifiesto un léxico pobre.

También se incurre en monotonía por el abuso de verbos, como *hacer* u *ocuparse*. Decimos *hacer un edificio*, en lugar de *construir; hacer un viaje*, en vez de *viajar; se nos hace el deber*, por *es nuestro deber*. En el caso de *ocuparse* es aún peor, porque decimos: *Mi esposa se ocupa en los niños y yo me ocupo en las compras;* cuando lo correcto sería decir: *Mi esposa cuida de los niños y yo me encargo de las compras.*

A menudo oímos que *el señor Pérez se ocupa de política, María se ocupa de leer «La Celestina», el vecino se ocupa de la caza, el Presidente se ocupa de los asuntos de Estado, el profesor Manrique se ocupa de la Historia de América, Perico se ocupa de arreglar su coche,* etc.

Este abuso se puede eliminar, si se emplea el verbo idóneo. De este modo, *el señor Pérez se dedicaría a la política, María leería «La Celestina», el vecino se dedicaría a cazar, el Presidente atendería los asuntos de Estado, el profesor Manrique escribiría sobre la Historia de América y Perico arreglaría su coche.* Así se enriquece el vocabulario y se erradica la funesta monotonía.

Veamos otros ejemplos de este mal:

SE DICE:	EN LUGAR DE:
Eso es una macana.	Eso es un problema.
Me dijo que era un macaneador.	Me dijo que era un mentiroso.
¡Qué macana, se me acabó el dinero!	¡Qué desgracia, se me acabó el dinero!
Pedro sólo dice macanas.	Pedro sólo dice tonterías.
Alcánzame ese chisme.	Alcánzame ese encendedor.
Se apagó el chisme.	Se apagó el farol.
Se rompieron muchos chismes.	Se rompieron muchos trastos.
No rompas esa cosa.	No rompar esa lámpara.
Ese coso está roto.	Ese cenicero está roto.
Ese coso me tiene cansada.	Ese hombre me tiene cansada.
Esa cosa me agobia.	Ese asunto me agobia.
¡Qué vainas cuentas!	¡Qué cosas dices!
Ese perol no me gusta.	Ese coche no me gusta.
El perol se me perdió.	El mechero se me perdió.
¡Qué hermoso perol trajo!	¡Qué hermoso regalo trajo!
Eso es un rollo.	Eso es un lío.
Armó un rollo.	Provocó un problema.
Se enrolló con María.	Se enamoró de María.
Yo mero hice el trabajo.	Yo mismo hice el trabajo.
A las meras doce vendrá José.	A las doce en punto vendrá José
Mero me prestó el coche.	Casi me prestó el coche.
Pienso que es mero tonto.	Pienso que es muy tonto.
¿Tienen más niños? Este mero.	¿Tienen más niños? Sólo éste.
Olvidé contarte lo mero bueno del asunto.	Olvidé contarte lo verdaderamente bueno del asunto.
O sea, que le dije que viniera hoy, o sea, a las tres.	Es decir, que le dije que viniera hoy a las tres.
Ese cantante no me gusta, o sea, que me voy.	Ese cantante no me gusta, por lo tanto, me voy.
La vaina que te miró ha salido durante mucho tiempo con el vaina de Juan. Pero no seas vaina, y vete con ella a la vaina esa, a bailar.	La muchacha que te miró ha salido durante mucho tiempo con el sinvergüenza de Juan. Pero no seas tonto, y vete con ella a ese club, a bailar.
Entonces, vino y me dijo que, entonces, se lo diría a su madre.	Después vino y me dijo que, si se trataba de ese problema, se lo diría a su madre.

Hay otros comodines usuales en la conversación, que llegan a molestar a los que escuchan. Entre ellos tenemos los siguientes: *bueno, ¿y?, vaya, ¿no es ver-*

dad?, ¿verdad?, ¿no es cierto?, chico, hombre, mujer, mi hija o *mi hijo,* muchacha, *¿qué dice?, ¿cómo?,* macho y otros muchos más.

Con estos vocablos «universales» se pretende enlazar las oraciones, buscar un asentimiento en el interlocutor, llamar a una persona o mostrar asombro. Todos ellos tienen equivalencias diversas, que si se utilizaran de modo alterno darían riqueza y elegancia al lenguaje cotidiano.

ENVEJECER

Infinitivo: envejecer   **Gerundio:** envejeciendo   **Part.:** envejecido

Modo indicativo

Pres.: envejezco, envejeces, envejece, envejecemos, envejecéis, envejecen.

Modo subjuntivo

Pres.: envejezca, envejezcas, envejezca, envejezcamos, envejezcáis, envejezcan.

Redundancia

Se trata de una figura retórica viciosa, que consiste en emplear más términos de los necesarios para dar un sentido cabal y recto a la frase. Este mal uso del lenguaje no sólo se observa en el denominado lenguaje coloquial, sino que aparece con frecuencia en la literatura, el periodismo o la publicidad. Es cierto que esta reiteración de palabras es usada a veces por los escritores para dar mayor gracia o vigor a una expresión. Pero en la vida cotidiana debemos evitar la redundancia, pues afea nuestra habla y denota ignorancia.

Sinónimos de redundancia son datismo (del griego *Datis,* personaje de Aristófanes), pleonasmo (del griego *pleonasmo,* sobreabundancia), batología (del griego *battos,* tartamudo) y tautología (del griego *tauto,* el mismo, y *logos,* discurso).

EJEMPLOS DE REDUNDANCIA:

Lo hizo con la mejor buena voluntad.	*Lo hizo con la mejor voluntad.*
Bajo un cielo celeste...	*Bajo un cielo azul...*
Subimos arriba...	*Subimos...*
Bajamos abajo...	*Bajamos*
Se quedó desnuda y sin nada en la playa.	*Se quedó desnuda en la playa.*
Se comió y se tragó el pan que le dieron, que le ofrecieron.	*Se comió el pan que le ofrecieron. Se tragó el pan que le dieron.*
Su tío murió de muerte violenta.	*Su tío sufrió una muerte violenta.*
Volvió a retroceder ante el peligro.	*Retrocedió ante el peligro.*
Trazó un círculo redondo con el compás.	*Trazó un círculo con el compás.*
Colmó de alabanzas mil.	*Colmó de alabanzas.*

Siempre y eternamente te recordaré.	*Siempre te recordaré. Te recordaré eternamente.*
Entró adentro de la habitación.	*Entró en la habitación.*
Vuelvo a reiterarle mi posición.	*Le reitero mi posición.*
Me bebí un buen vaso de cerveza.	*Bebí un buen vaso de cerveza.*
¿A mí qué me va ni me viene? ¿A mí qué me importa?	*¿Qué me va ni me viene? ¿Qué me importa?*
En el ataque hubo muchos muertos que fallecieron...	*En el ataque hubo muchos soldados que fallecieron...*
La prensa misma, con razón, escribe de ese fracaso.	*La prensa, con razón, escribe de ese fracaso.*
La calificación de Enrique es más peor que la de Rolando.	*La calificación de Enrique es peor que la de Rolando.*
Necesito que el jefe me adelante un anticipo.	*Necesito que el jefe me adelante el salario. Necesito que el jefe me conceda un anticipo.*
Tenía vacas, cerdos, gallinas y etc. en la granja.	*Tenía vacas, cerdos, gallinas, etc. en la granja.*
Usted es la madre más maternal que he conocido.	*Usted es la mujer más maternal que he conocido.*

HABER

Infinitivo: haber   **Gerundio:** habiendo   **Participio:** habido

Modo indicativo

Pres.: he, has, ha, hemos, habéis, han.
Pret. impf.: había, habías, había, habíamos, habíais, habían.
Pret. indef.: hube, hubiste, hubo, hubimos, hubisteis, hubieron.
Fut. impf.: habré, habrás, habrá, habremos, habréis, habrán.
Pot. simple: habría, habrías, habría, habríamos, habríais, habrían.
Pret. pf.: he habido, has habido, ha habido, etc.
Pret. ppf.: había habido, habías habido, había habido, etc.
Pret. ant.: hube habido, hubiste habido, hubo habido, etc.
Fut. pf.: habré habido, habrás habido, habrá habido, etc.
Pot. comp.: habría habido, habrías habido, habría habido, etc.

Modo subjuntivo

Pres.: haya, hayas, haya, hayamos, hayáis, hayan.
Pret. impf.: hubiera/hubiese, hubieras/hubieses, hubiera/hubiese, hubiéramos/hubiésemos, hubierais/hubieseis, hubieran/hubiesen.
Fut. impf.: hubiere, hubieres, hubiere, hubiéremos, hubiereis, hubieren.
Pret. pf.: haya habido, hayas habido, haya habido, etc.
Pret. ppf.: hubiera/hubiese habido, hubieras/hubieses habido, etc.
Fut. pf.: hubiere habido, hubieres habido, hubiere habido, etc.

Modo imperativo

Pres.: he, habed.

EJERCICIOS

I. Reescriba las siguientes oraciones de modo tal que no exista ambigüedad.

1. Se alquila casa para familia recién pintada.

2. Hablaba cuando comía.

3. Recibí la suya del mes pasado.

4. Encontré a tu prima paseando.

5. Luis se encontró con María en su casa.

6. Es preciso enseñar a las maletas al jefe de aduanas.

7. Solo estuvo en el hospital.

8. Recipiente de horno de metal.

9. Este es el amigo de Ricardo, cuyo padre es médico.

10. Lorenzo presenta a Fernando a Mario.

II. Explique por qué estas palabras pueden conducir a anfibologías, y a continuación escriba dos oraciones con cada una para demostrar la posibilidad de evitar la ambigüedad.

1. dar clases

_____
_____
_____
_____

2. huésped

_____
_____
_____
_____

III. Mencione cinco ejemplos de cacofonía que usted haya escuchado en la vida cotidiana y demuestre cómo evitaría ese vicio.

1. _____
_____

2. _____
_____

3. _____
_____

4. _____
_____

5. _____

IV. Sustituya las expresiones de la columna A por verbos equivalentes, que deberá escribir en la columna B.

	A	B
1.	hacer la comida	_____
2.	hacer alusión	_____

3. hacerse ilusiones   _____
4. hacer política   _____
5. hacer silencio   _____
6. dar bofetadas   _____
7. dar mantequilla al pan   _____
8. dar saltos   _____
9. dar golpes   _____
10. dar un disgusto   _____

V. Mencione cinco expresiones corrientes que sirvan de muletilla en las conversaciones.

1. _____
2. _____
3. _____
4. _____
5. _____

VI. Vuelva a escribir estas frases evitando las redundancias.

1. Gozaron toda la jornada de un hermoso cielo celeste.

2. Después del tropezón, no dejaba de volver a reiterarle sus excusas.

3. Mi misma madre ha tenido que prestarle dinero.

4. Se ha creado una comisión para proteger al medio ambiente.

5. Cuando el toro le embistió, el torero volvió a retroceder.

6. Utiliza la escalera de madera para subir arriba al ático.

7. Me equivoqué a pesar de mi mejor buena voluntad.

8. Este hijo me ha colmado de alegrías mil.

9. Los muertos del accidente fallecieron instantáneamente.

10. Comió y se tragó la comida en un santiamén.

11. Compramos arroz, patatas, carne, legumbres y etc. en el supermercado.

12. Para llegar a fin de mes, necesito que me adelante un anticipo.

13. Mi sombrilla es más mejor que la tuya.

14. Si no lo crees, lo puedes ver con tus propios ojos.

15. Era un verdadero caos: unos entraban adentro y otros salían afuera.

8. ORTOLOGÍA

Palabra formada del griego *orthos*, recto, justo, y *logos*, tratado, para referirnos a la correcta pronunciación de las palabras. Por lo general, la pronunciación está definida por las características propias del habla de la región de origen de una persona. Entre esos rasgos, tenemos el seseo y el ceceo, que no constituyen vicios de dicción.

Sin embargo, es conveniente conocer algunas de las nuevas normas de la Academia de la Lengua en relación con la ortología.

a) El encuentro de vocal abierta (a, e, o) tónica con vocal cerrada (i, u) átona, o de cerrada átona con abierta tónica, forma siempre diptongo.

    dieta **(die - ta)**   suelo **(sue - lo)**
    diario **(dia - rio)**   fiar **(fiar)**

b) El encuentro de vocal abierta átona con vocal cerrada tónica, o de cerrada tónica con abierta átona, no forma diptongo.

    raíz (ra - **íz**)   confíen (con - **fí** - en)
    púa (**pú** - a)   baúl (ba - **úl**)

c) Se admite la pronunciación de las formas contractas:

    remplazo   *remplazar*
    rembolso   *rembolsar*
    sétimo   *setiembre*
    setuagésimo

así como las otras formas:

    reemplazo   *reemplazar*
    reembolso   *reembolsar*
    séptimo   *septiembre*
    septuagésimo

d) La h entre dos vocales no impide la formación de diptongo.

*desahucio (de - **sau** - cio)*
*rehusar (**reu** - sar)*
*buhonero (**buho** - ne - ro)*

e) En las palabras compuestas de dos o más adjetivos con guión, cada elemento conservará su acentuación fonética.

*hispano-alemán (**hispano-alemán**)*
*anglo-soviético (**anglo-soviético**)*
*argentino-chileno (**argentino-chileno**)*

f) Los adverbios que terminan en *-mente* se pronuncian con dos acentos fonéticos, uno en el primer elemento del compuesto y otro en *-mente*. Es incorrecta la pronunciación de estos adverbios como palabras llanas, es decir, con un solo acento fonético.

invariablemente se pronunciará
*(**invariable**-**mente**)*, y no *(invaria**ble**mente)*

HUIR

Infinitivo: huir   **Gerundio:** huyendo   **Part.:** huido

Modo indicativo

Pres.: huyo, huyes, huye, huimos, huís, huyen.
Pret. impf.: huía, huías, huía, huíamos, huíais, huían.
Pret. indef.: huí, huiste, huyó, huímos, huisteis, huyeron.
Fut. impf.: huiré, huirás, huirá, etc.

Modo subjuntivo

Pres.: huya, huyas, huya, huyamos, huyáis, huyan.
Pret. impf.: huyera/huyese, huyeras/huyeses, etc.
Fut. impf.: huyere, huyeres, etc.

Modo imperativo

Pres.: huye, huid.

EJERCICIO

I. Divida las siguientes palabras en sílabas para determinar si se forma diptongo o no.

1. suave: _____
2. baúl: _____
3. actuar: _____
4. oído: _____
5. piar: _____
6. santuario: _____
7. riada: _____
8. sahumerio: _____
9. grúa: _____
10. desahucio: _____

II. Escriba las formas contractas de los vocablos siguientes:

1. reemplazar _____
2. septiembre _____
3. reempujar _____
4. reembolsar _____
5. séptimo _____
6. reestallar _____

7. septuagésimo _____
8. reestablecer _____
9. decimoséptimo _____
10. reembolso _____

III. Coloque los acentos fonéticos que correspondan a estos adverbios.

1. buenamente _____
2. moralmente _____
3. regularmente _____
4. escasamente _____
5. simplemente _____

9. NORMAS DE ORTOGRAFÍA

Este capítulo está dedicado a resumir las reglas fundamentales que nos ayuden a eliminar las dudas ortográficas más corrientes. Junto con las reglas para el uso de las letras en palabras, incluimos las conjugaciones de verbos que presentan dificultades en su escritura.

Normas de la B

	SE ESCRIBEN CON B:	
1.	Los verbos terminados en *-bir*:	*escribir, recibir, prohibir.* **Excepciones:** servir, vivir, hervir.
2.	Los verbos terminados en *-ber*:	*haber, beber, deber.* **Excepciones:** atrever, precaver, disolver, absolver, llover, mover, resolver, ver, volver.
3.	Los verbos que terminan en *buir*:	*contribuir, imbuir, atribuir.*
4.	El verbo *ir* en el pretérito imperfecto del modo indicativo.	*iba, ibas, iba, íbamos, ibais, iban.*
5.	Los verbos de la primera conjugación (*-ar*) en el pretérito imperfecto del modo indicativo, es decir, las terminaciones *-aba, abas, -ábamos, -abais* y *-aban*:	*amaba, paseábamos, jugaban.*
6.	Las palabras que empiezan por *bot-, bon-, boq-, bor-*:	*botella, bondad, boquilla, borde, botar, Bonifacio, boquerón, borracho.* **Excepciones:** votar, votivo, voraz, vorágine, vórtice.
7.	Las palabras que empiezan por *bi-, bis-, biz-*:	*bicolor, bisabuelo, biznieto, bimensual, bidente, bizcocho.* **Excepciones:** derivados de ver, visera, visigodo, visitar, visón, víspera, víscera, viscoso, visillo, visir, vizconde, Vizcaya.

SE ESCRIBE B:	
1. Después de *m*.	*ambición, ambos, cambiar, bombón.*
2. Antes de consonantes y al final de palabra:	*abstracto, obtener, Job, nabab.*
3. Antes de *u:*	*butifarra, buque, busto, butaca, tabú.* **Excepciones:** vuestro, vuecencia, avutarda.
4. En las terminaciones *-bilidad, -bundo, -bunda:*	*responsabilidad, tremebundo, moribunda.* **Excepciones:** movilidad, civilidad.
5. En las sílabas *bla, ble, bli, blo, blu:*	*hablar, amable, bíblico, bloqueo, ablución.*
6. En las sílabas *bra, bre, bri, bro, bru:*	*abrasar, sobre, brillante, Ebro, brújula.*

SE ESCRIBEN CON B:	
1. Las palabras que empiezan por *bibl-, bien-, bene-:*	*biblioteca, bienaventurado, benéfico, bibliografía, bienvenido, benevolente.* **Excepciones:** viento, Viena, vientre, Venezuela, Venecia, veneno, venerar.
2. Las palabras que empiezan con el prefijo *sub-:*	*subdirector, subtítulo, subyacente.*
3. Las palabras que empiezan por *gar-, gu-, lo-, la-, ha-, he-, hi-, -ho, -hu-:*	*garbo, gubia, lobo, labio, hablar, hebra, híbrido, hubo.*
4. Las palabras que empiezan por *es-:*	*esbelto, esbirro.* **Excepciones:** esclavo, eslavo, esquivar, estival.

SE ESCRIBEN CON B:	
1. Las palabras que empiezan por *al-* y *ar-:*	*alborozo, arboleda, albricias, arbitrar.* **Excepciones:** alveolo, altavoz, altivez, Álvarez.
2. Las palabras que empiezan con *ra-, sa-, ta-, ca-, ro-, so-, to-, co-, ru-, su-, tu-, cu-, te-, ti-, ce-:*	*rabo, sabio, taberna, cabina, Roberto, sobrio, tobogán, cobijo, rubio, Subirana, tubo, cubo, tebano, tibio, cebo.*
3. Las palabras que empiezan por *ob-, obs-:*	*obvio, obstáculo, óbito, obsidiana.*
4. Las palabras que empiezan por *tra-, tre-, tri-, tur-, ur-:*	*trabajo, trébol, tribuna, turbio, urbano, trabar, trebejo, tribulación, turbina, urbe.*

SE ESCRIBEN CON B:	
5. Las palabras que empiezan por *ab-, abo-, abu-, abs.:*	abismo, abogado, abulia, abstraer, abuela, abolir, aburrir, absurdo. ***Excepción:*** avocar.
6. Las palabras que empiezan por *bea-, bal-, bala-:*	beata, Beatriz, balcón, baldosa, balada, balalaica. ***Excepciones:*** vals, valer, válvula.

IR

Infinitivo: ir   **Gerundio:** yendo   **Part.:** ido

Modo indicativo

Pres.: voy, vas, va, vamos, vais, van.
Pret. impf.: iba, ibas, iba, íbamos, íbais, iban.
Pret. indef.: fuí, fuiste, fue, fuímos, fuisteis, fueron.
Fut. impf.: iré, irás, irá, iremos, iréis, irán.
Pot. simple: iría, irías, iría, iríamos, iríais, irían.

Modo subjuntivo

Pres.: vaya, vayas, vaya, vayamos, vayáis, vayan.
Pret. impf.: fuera/fuese, fueras/fueses, fuera/fueses, etc.
Fut. impf.: fuere, fueres, fuere, fuéremos, fuéreis, fueren.

Modo imperativo

Pres.: ve, id.

Normas de la V

SE ESCRIBEN CON V:	
1. Las palabras que empiezan por *ad-, di-, vir-, le-, de-:*	advertencia, advenedizo, divergencia, divertir, virgen, virtual, levadizo, leve, devastar, devorar. ***Excepciones:*** dibujo, disturbio, diabólico, débil, debajo, deber.
2. Las palabras que empiezan por *pa-, pra-, pre-, pri-, pro-, pol-:*	pavesa, depravación, prevaricar, privar, provecho, polvareda. ***Excepciones:*** prebenda, probar y sus derivados, probeta, oprobio, problema.
3. Los verbos que terminan en *-ervar, -evar, -olver, -over:*	enervar, nevar, volver, llover. ***Excepciones:*** exacerbar, desherbar.
4. Los verbos *hervir, vivir, servir, precaver, atrever* y *ver*, que constituyen excepción de las normas de la B:	hirviendo, vivía, sirviese, precavido, atreviéramos, veré.

SE ESCRIBEN CON V:	
5. Las palabras que empiezan por *vice-*, *villa-*:	*viceversa, vicetiple, villanía, villorrio.* **Excepciones:** *bíceps, billar.*
6. Las palabras que empiezan por *na-, ne-, ni-, no-*:	*naviera, nevera, níveo, novia.*
7. Las palabras que empiezan por *sal-, se-, sel-, ser-, sil-, sol-*:	*salvaje, salvoconducto, severo, Severiano, seviche, selvático, selvoso, servidor, servomotor, silvestre, silvicultura, solvencia, solvente.* **Excepción:** *silbar.*
8. Las palabras que empiezan por *eva-, eve-, evi-, evo-*:	*evacuar, evaporar, evasor, eventual, evidencia, evitable, evolución, evónimo.*

SE ESCRIBEN CON V:	
1. Muchas palabras que empiezan por *ven-* y *ver-*:	*veneración, veneno, vengador, ventajoso, verso, verja, vértebra, vértigo.*
2. Las palabras que empiezan por *ave-, avi-*:	*avecinar, avenida, avisar, avispero, avión, Ávila.*
3. Los presentes de los modos indicativo, subjuntivo e imperativo del verbo *ir*:	*voy, vaya, ve.*
4. El indefinido del modo indicativo y el pretérito y futuro imperfecto del modo subjuntivo de los verbos *andar, estar* y *tener*:	*anduve, anduviera/ anduviere, anduviese; estuve, estuviera, estuviere, estuviese; tuve, tuviera, tuviere, tuviese.*

OÍR

Infinitivo: oír **Gerundio:** oyendo **Part.:** oído

Modo indicativo

Pres.: oigo, oyes, oye, oímos, oís, oyen.
Pret. impf.: oía, oías, oía, oíamos, oíais, oían.
Pret. indef.: oí, oíste, oyó, oímos, oísteis, oyeron.
Fut. impf.: oiré, oirás, oirá, oiremos, oiréis, oirán.
Pot. simple: oiría, oirías, oiría, oiríamos, oiríais, oirían.

Modo subjuntivo

Pres.: oiga, oigas, oiga, oigamos, oigáis, oigan.
Pret. impf.: oyera/oyese, oyeras/oyeses, oyera/oyese, oyéramos/oyésemos, oyerais/oyeseis, oyeran/oyesen.

> **OÍR**
>
> *Fut. impf.:* oyere, oyeres, oyere, oyéremos, oyereis, oyeren.
>
> **Modo imperativo**
>
> *Pres.:* oye, oíd.

EJERCICIOS

I. Aplique las normas correspondientes a la B y la V para rellenar los espacios en blanco.

1. í__amos
2. pre__er
3. ser__ir
4. ra__o
5. a__otagar
6. __uestro
7. tré__ol
8. rogá__amos
9. Jo__
10. su__capitán
11. __ordado
12. i__a
13. __illancico
14. atre__erse
15. su__título
16. __ocero
17. __oquita
18. __eata
19. __als
20. mori__unda
21. __aler
22. mo__ilidad
23. __en__enido
24. im__uir
25. __entana
26. __arco
27. __orágine
28. tra__arse
29. __osque
30. o__tener
31. a__adía
32. __otón
33. a__ocar
34. atri__uir
35. __isíla__o
36. __a__ero
37. ca__er
38. __allesta
39. __oquete
40. ca__riola
41. sue__o
42. ra__ioso
43. __rasero
44. __ruñir
45. __a__ilonia
46. a__stenerse
47. a__izorar
48. su__juntivo

II. Llene los espacios en blanco con B o con V, según las reglas que ha estudiado.

1. Escri__o mi última __oluntad en la __i__lioteca.
2. To__ías es un ra__ino __i__aracho y atre__ido.
3. Aprecia__a el li__ro __ilingüe de __otánica.
4. Compré la __om__onera en __enecia la __íspera del __iaje.
5. Tu__o que disol__er la junta de a__ogados.
6. Emplea__a a__soluto rigor en la o__ser__ancia de las leyes.
7. Desea__a __ol__er a __i__ir en __izcaya.
8. La am__ición del __isnieto supera a la del __izconde.
9. El __e__edizo está en aquella __otella.
10. La a__ulia de __asilio me hace her__ir la sangre.
11. El jo__en de __alladolid habla__a el __a__le.
12. Es un __álsamo ti__etano.
13. Tra__aja en la __ál__ula de la tu__ería.
14. El al__añil coloca__a las __aldosas.
15. Al sa__ihondo le gusta exhi__ir sus conocimientos.
16. Se alzó una gran pol__areda.
17. El na__egante es preca__ido.
18. El ad__enedizo se llenó de opro__io.
19. Nadie me va a pri__ar de mi sal__oconducto.
20. Te lo ad__ertí: __uel__e a poner le__adura.

III. Aplique las normas de la V o la B para rellenar los espacios en blanco.

1. na__ío
2. __eneno
3. __amos
4. __i__ía
5. a__ecinar
6. sel__ático
7. ne__ar
8. ní__eo
9. di__ujo
10. se__iche
11. exacer__ar
12. __irtual
13. a__iso
14. sol__encia

15. pre__enda
16. pro__ar
17. no__ia
18. her__ido
19. __aya
20. distur__io
21. __engador
22. dé__il
23. di__ergencia
24. autoser__icio
25. de__ajo
26. nati__o
27. __értebra
28. nu__arrón
29. andu__e
30. e__asor
31. desher__ar
32. __icéfalo
33. sil__ar
34. __iceversa

Normas de la X

SE ESCRIBEN CON X:	
1. Las palabras que comienzan con el sonido KS o cs y por exce- y exci-:	excepción, excitar, excelente, exangüe, exfoliar, excusar, execrar. **Excepciones:** facsímile, fucsia, escena, escéptico, escisión.
2. La preposición latina extra:	extracción, extralimitarse, extraordinario.
3. El prefijo ex-, con el significado de anterior, antiguo:	ex-director, exalumno, examigo, ex-presidente. Puede escribirse con guión o sin él.
4. Las palabras que comienzan con el sonido KS o CS (ex), seguido de h o vocal:	examen, exhibición, exhortar, exigencia. **Excepciones:** esotérico, esófago, esencia, ese, esa, eso.
5. Las palabras que empiezan por axio-, oxi-, lexic-, tax- y tox-:	axiomático, oxigenar, lexicología, taxidermia, toxicómano.
6. Las palabras que comienzan por flex-, maxim-, sex-:	flexión, maxilar, sexual, sextante.

SE ESCRIBE X:	
1. Delante de las sílabas -pla-, -ple-, -pli-, -plo-, -pre-, -pri-, -pro-:	explanada, expletivo, explícito, explosión, expresar, exprimir, expropiar. **Excepciones:** esplendor y derivados, espliego.
2. En la terminación -xión, que no debe confundirse con -cción:	flexión, anexión, complexión, conexión, crucifixión, genuflexión, reflexión.

PLACER

Infinitivo: placer **Gerundio:** placiendo **Participio:** placido

Modo indicativo

Pres.: plazco, places, place, placemos, placéis, placen.
Pret. indef.: plací, placiste, plació (plugo), placimos, placisteis, placieron (pluguieron).

Modo subjuntivo

Pres.: plazca, plazcas, plazca (plega o plegue), plazcamos, plazcáis, plazcan.
Pret. impf.: placiera/placiese, placieras/placieses, placiera/placiere (pluguiera/pluguiese), placiéramos/placiésemos, placierais/placieseis, placieran/placiesen.
Fut. impf.: placiere, placieres, placiere (pluguiere), placiéremos, placiereis, placieren.

Modo imperativo:

Pres.: place, placed.

PONER

Infinitivo: poner **Gerundio:** poniendo **Part.:** Puesto

Modo indicativo

Pres.: pongo, pones, pone, ponemos, ponéis, ponen.
Pret. impf.: ponía, ponías, ponía, poníamos, poníais, ponían.
Pret. indef.: puse, pusiste, puso, pusimos, pusisteis, pusieron.
Fut. impf.: pondré, pondrás, pondrá, pondremos, pondréis, pondrán.
Pot. simple: pondría, pondrías, pondría, pondríamos, pondríais, pondrían.

Modo subjuntivo

Pres.: ponga, pongas, ponga, pongamos, pongáis, pongan.
Pret. impf.: pusiera/pusiese, pusieras/pusieses, pusiera/pusiese, pusiéramos/pusiésemos, pusierais/pusieseis, pusieran/pusiesen.
Fut. impf.: pusiere, pusieres, pusiere, pusiéremos, pusiereis, pusieren.

Modo imperativo

Pres.: pon, poned.

EJERCICIOS

I. Aplique las normas correspondientes a la x para rellenar los espacios en blanco.

1. e__foliar
2. a__iomático
3. se__o
4. fle__ionar

5. e__maestro
6. co__ión
7. genufle__ión
8. e__halar
9. e__pléndido
10. e__ófago
11. e__humación
12. e__encia
13. e__hortación
14. e__angüe

15. e__plícitamente
16. le__icón
17. se__ología
18. ma__imalista
19. fa__ímile
20. e__pliego
21. a__tenia
22. o__álico
23. o__ono
24. to__emia

II. De acuerdo con las reglas estudiadas, escriba X, CC o S en los espacios en blanco:

1. El estudiante realizó un e__amen e__elente.
2. El ta__ista e__pectoró ruidosamente.
3. La tra__ión del tractor es e__casa.
4. El le__icógrafo se e__presa con e__actitud.
5. Deben tener cuidado al e__portar productos tó__icos.
6. No hay e__cusa para tu conducta.
7. Es un hombre de comple__ión robusta.
8. El __ilófono es un instrumento de dulce sonido.
9. El e__director de esta se__ión se e__presó con claridad.
10. Los crímenes políticos siempre son e__ecrables.

Normas de la H

SE ESCRIBEN CON H:	
1. Las palabras que comienzan con el sonido -ia, -ie, -ue, -ui:	*hialografía, hiato, hierba, hielo, hueso, huevo, huir, huelga.* **Excepciones:** Derivadas de hueso, huevo, huérfano, hueco.
2. Las palabras derivadas del verbo *oler,* aunque éste no lleve h.	*huelo, hueles, huelen.*
3. Todas las formas del verbo *haber:*	*he, habías, habré, habiendo habido.*

SE ESCRIBEN CON H:	
4. Las interjecciones:	*¡Ah!, ¡eh!, ¡oh!, ¡uh!, ¡bah!*
5. Las palabras que comienzan por *her-*:	*hermano, hermosa, herbívoro, herencia, héroe, herpe, herir.* **Excepciones:** *erecto, era, erguir, erario, erotismo, eructar, ermita, erupción, erudición, erradicar, errar, erizar, erisipela, erosión, eremita, Ernesto.*
6. Las palabras que comienzan por *hum-*:	*humano, humilde, húmedo, humor, humear, humanidad.*
7. Las palabras que empiezan por *horc-, horm-, horn-, horr-*:	*horca, horcón, horma, hormiga, horno, hornacina, hórreo, horror.* **Excepciones:** *orca, ornato, ornitología, ornitorrinco.*
8. Los prefijos *hecto-, hepta-, hexa-, hemi-, hiper-, hidr-, hipo-, hosp-*:	*hectolitro, heptaedro, hexámetro, hemiciclo, hipertensión, hidrofobia, hipocondria, hospital, hectógrafo, heptagonal, hexasílabo, hemisferio, hipermetropía, hidroterapia, hipotálamo, hospicio.*

SE ESCRIBE H INTERMEDIA:	
1. Entre las sílabas *mo-* o *za-* y vocal:	*almohada, zaherir, mohíno, zahúrda.* **Excepción:** *Moisés.*
2. En ciertos casos para separar vocales intermedias que no forman sílaba:	*ahorrar, azahar, Alhucemas, dehesa.* **Excepción:** *toalla, roer, aéreo, caos, urea, proeza,* etc.
3. En el segundo componente de compuestos, cuando aquel lleve h.	*deshacer, deshelar, enhebrar, machihembrar, zaherir.*

ROER

Infinitivo: roer **Gerundio:** royendo **Participio:** roído

Modo indicativo
Pres.: roo, roigo o royo, roes, roe, roemos, roéis, roen.
Pret. indef.: roí, roíste, royó, roímos, roisteis, royeron.

Modo subjuntivo
Pres.: roa, roiga o roya; roas, roigas o royas; roa, roiga o roya, etc.
Pret. impf.: royera/royese, royeras/royeses, royera/royese, etc.
Fut. impf.: royere, royeres, royere, etc.

Modo imperativo:
Pres.: roe, roed.

EJERCICIOS

I. Escriba H donde corresponda.

1. __ialografía
2. __idroterapia
3. __orcón
4. __aya
5. __ervíboro
6. __umanidad
7. Al__ambra
8. a__íto
9. __ermosura
10. __iato
11. __erisipela
12. __exagonal
13. en__ebrar
14. __ornitorrinco
15. __erbáceo
16. __ipotálamo
17. __ueco
18. __oxígeno
19. __eraldo
20. __inchar
21. __embra
22. alde__uela
23. __alógeno
24. __acienda
25. __ola
26. __usufructo
27. __ocico
28. __ospicio
29. mo__íno
30. __abido
31. __ermita
32. __eptasílabo
33. __erario
34. __orario

II. Escriba H donde corresponda en las siguientes oraciones.

1. En la redada __uyeron los traficantes de __opio.
2. Debemos __erradicar el __ornato innecesario.
3. Lo __emos __ospitalizado por la __emorragia.
4. La __orchata con __ielo es muy sabrosa.
5. La to__alla que está en la __abitación se mantiene __úmeda.
6. La __ermana de __erminia padece de __ipertensión.
7. __a __abido un accidente en el __orfanato.
8. Mo__isés, el __ebreo, a__umó el __arenque.
9. Debemos extraer los __uesos del __osario.
10. El __uésped come caca__uetes tendido en la __amaca.
11. El __omenaje es __oy.

12. La __erencia es para el __uérfano.
13. Se ve __umo en el __orizonte.
14. Lo __operaron del __ipotálamo.
15. Debes a__orrar la __arina.

Normas de la C

SE ESCRIBEN CON C:	
1. Los verbos que terminan en -cer:	amanecer, pertenecer, rehacer, nacer, padecer, ofrecer, acontecer, desvanecer, etc.
2. Las palabras terminadas en -z al formar su plural:	raíz - raices; pez - peces; luz - luces; hez - heces; coz - coces; feroz - feroces; voraz - voraces; nariz - narices.
3. Las palabras terminadas en -ción, derivadas de verbos de la primera conjugación (-ar):	relación (relacionar), canción (cantar), limitación (limitar).
4. Las palabras que terminan en -ciar, -cio, -cia, -ancia, -encia, -acia, -acea, -aceo:	escanciar, calcio, decencia, tolerancia, paciencia, eficacia, panacea, cetáceo.
5. Los sonidos ka, ko, ku:	café, alharaca, cocotero, acerico, cuchilla, locutorio.
6. Los diminutivos de las palabras que terminan con -z en singular, y en todos los casos delante de las vocales -e, i:	lucecita, piececita, lunarcito.
7. Delante de c o t:	acción, pacto, actitud, lección. **Excepción:** azteca.

Normas de la S

SE ESCRIBEN CON S:	
1. Las palabras terminadas en -ismo, -ista, -ísimo, -ísima:	mismo, bromista, bonísimo, riquísima.
2. *Los nombres que terminan en -sión*, derivados de los verbos que finalizan en -der, -dir, -ter, -tir:	*pretensión* (pretender), *expansión* (expandir), *promisión* (prometer), *conversión* (convertir).
3. Los nombres que terminan en -sión, derivados de los verbos que finalizan en -sar:	*precisión* (precisar), *expresión* (expresar).

Excepciones: a 2. y 3.: Cuando la palabra conserva la última sílaba del verbo correspondiente, la terminación -sión se escribe con c:
partición (partir)   *repetición* (repetir)   *conversación* (conversar)

Normas de la Z

SE ESCRIBEN CON Z:	
1. Los sufijos *-azo, -az, -ez, -eza, -az,* cuando denoten golpe o cualidad:	*cabezazo, tomatazo, contumaz, capaz, pureza, fiereza, esplendidez, pesadez.*
2. Los apellidos terminados en *-ez,* lo cual significa «hijo de»:	*Fernández* (hijo de Fernando); *Núñez* (hijo de Nuño); *Pérez* (hijo de Pedro).
3. El sufijo *-zuelo,* para formar diminutivo:	*rapazuelo, pozuelo, ladronzuelo.*
4. Las conjugaciones de la primera persona del modo indicativo de los verbos terminados en *-acer, -ecer, -ocer, -ucir:*	*parezco* (parecer), *perezca* (perecer), *cuezo* (cocer), *conduzca* (conducir).
5. Muchos sustantivos y adjetivos terminados en *-izo:*	*rizo, chorizo, mestizo, postizo, erizo.*

SATISFACER

Infinitivo: satisfacer **Gerundio:** satisfaciendo **Part.:** satisfecho

Modo indicativo

Pres.: satisfago, satisfaces, satisface, satisfacemos, satisfacéis, satisfacen.
Pret. indef.: satisfice, satisficiste, satisfizo, satisficimos, satisficisteis, satisficieron.
Fut. impf.: satisfaré, satisfarás, satisfará, satisfaremos, satisfaréis, satisfarán.
Pot. simple: satisfaría, satisfarías, satisfaría, satisfaríamos, satisfaríais, satisfarían.

Modo subjuntivo

Pres.: satisfaga, satisfagas, satisfaga, satisfagamos, satisfagáis, satisfagan.
Pret. impf.: satisficiera/satisficiese, satisficieras/satisficieses, satisficiera/satisficiese, satisficiéramos/satisficiésemos, satisficierais/satisficieseis, satisficieran/satisficiesen.
Fut. impf.: satisficiere, satisficieres, satisficiere, satisficiéremos, satisficiereis, satisficieren.

Modo imperativo

Pres.: satisfaz o satisface, satisfaced.

EJERCICIOS

I. Escriba C, S o Z donde corresponda.

1. de__en__ia
2. pure__a
3. reye__uelo
4. pertene__er

5. cabe__a__o
6. lo__utorio
7. ra__go
8. a__titud
9. ha__er
10. condu__co
11. e__pandir
12. boní__imo
13. pe__
14. lu__e__illa
15. un__ir
16. pa__to
17. coche__ito
18. conven__er
19. conver__ión
20. la__o
21. toleran__ia
22. le____ión
23. parti__ión
24. pana__ea
25. mesti__o
26. roji__o
27. __ená__ulo
28. alhara__a
29. lu__ca
30. telon__ito
31. extra____ión
32. raí__
33. pie__e__ito
34. rela__ión
35. prestan__ia
36. pre__i__ión

II. Escriba C, S o Z donde corresponda.

1. El prín__ipe a__teca no mudó su expre__ión.
2. La dolen__ia de Rodrígue__ se debió al __igarro.
3. Las raí__es de __enaida están en E__tremadura.
4. Condu__ir pare__e fá__il, pero no lo es.
5. La __iudad estaba su__í__ima.
6. Lucre__ia vio rena__er sus esperan__as.
7. Procura tener más a__tividad y evitar la ina____ción.
8. Núñe__ ha vi__to des__ender el valor de sus a____iones.
9. Ne__e__itamos mayor pre__i__ión y efica__ia.
10. El mo__uelo puso los chori__os a a__ar.
11. U__aba americani__mos en la conver__a__ión.
12. El pe__e__ito evitó el an__uelo.
13. Le pegaron un tomata__o al bromi__ta.
14. Mi novia es lindí__ima.
15. Aunque pare__ca agradable, evite su conver__a__ión.

Normas de la G

SE ESCRIBEN CON G:	
1. Las palabras que empiezan por *leg-*:	*legendario, legítimo, legal.*
2. Las palabras que empiezan con los prefijos *geo-, germ-, gest-*:	*geografía, germinación, gestoría, geopolítica, germanista, gesta, gesto.*
3. La sílaba *gen*:	*genio, indigente, agente, general, ingente, legendario.* **Excepción:** *ajeno* y sus derivados.
4. Las palabras terminadas en *-gia, -gio, -gión, gioso*:	*logia, Georgia, agio, presagio, religión, región, litigioso, prodigioso.*
5. Las palabras esdrújulas que terminan en *-gético, -gélido, -gésimo, -gírico, -gíneo, -ígero, -ógico, -giénico*:	*energético, angélico, trigésimo, panegírico, flamígero, lógico, higiénico.*
6. Los sonidos *ga, go, gu*:	*gato, regadera, gotera, oligofrénico, gutural, ambigú.*
7. Los verbos que terminan en *-igerar, -ger, -gir, -giar*:	*aligerar, coger, exigir, contagiar.* **Excepciones:** *tejer, crujir, enlejiar.*

Normas de la J

SE ESCRIBEN CON J:	
1. Las palabras terminadas en *-jero, -jera, -jería*:	*pasajero, relojero, mensajera, encajera, conserjería.* **Excepciones:** *ligero, flamígero.*
2. Los sonidos *ja, jo, ju*:	*jabón, tinaja, jocoso, rojo, juventud, rejuvenecido.*
3. Todas las formas de los verbos que terminan en *jear*:	*hojear, canjear, forcejear.*
4. Las palabras que empiezan por *aje-*:	*ajedrea, ajedrez, ajenjo, ajerezado.* **Excepciones:** *agenciar, agente, agenda.*
5. Las palabras que terminan en *-aj, -oj*:	*carcaj, boj, reloj.*
6. Las palabras que terminan en *-aje, -eje*:	*paisaje, carruaje, pasaje, maridaje, plumaje, esqueje, eje.* **Excepciones:** *ambages, enálage.*
7. Las palabras que comienzan por *eje-*:	*ejercitar, ejército, ejemplar, ejecutivo.*
8. Los verbos que terminan en *-jar*:	*trabajar, rebajar, esponjar.*
9. Formas irregulares de verbos con sonidos *je, ji, jo*, pero que no tienen *j* ni *g* en los infinitivos:	*desdije, redujo, dijimos.*

> # SABER
>
> **Infinitivo:** saber **Gerundio:** sabiendo **Part.:** sabido
>
> **Modo indicativo**
>
> *Pres.:* sé, sabes, sabe, sabemos, sabéis, saben.
> *Pres. indef.:* supe, supiste, supo, supimos, supisteis, supieron.
> *Fut. impf.:* sabré, sabrás, sabrá, sabremos, sabréis, sabrán.
> *Pot. simple.:* sabría, sabrías, sabría, sabríamos, sabríais, sabrían.
>
> **Modo subjuntivo**
>
> *Pres.:* sepa, sepas, sepa, sepamos, sepáis, sepan.
> *Pret. impf.:* supiera/supiese, supieras/supieses, supiera/supiese, supiéramos/supiésemos, supierais/supieseis, supieran/supiesen.
> *Fut. impf.:* supiere, supieres, supiere, supiéremos, supiereis, supieren.
>
> **Modo imperativo:**
>
> *Pres.:* sabe, sabed.

EJERCICIOS

I. Escriba G o J donde corresponda.

1. __eografía
2. __ato
3. carca__
4. __abón
5. pasa__e
6. __erminación
7. relo__
8. espon__ar
9. le__uleyo
10. e__ercitar
11. lo__ia
12. a__io
13. pá__aro
14. le__ía
15. can__ear
16. amba__es
17. enála__e
18. __ermen
19. he__emonía
20. pluma__e
21. conser__ería
22. ta__o
23. __uventud
24. a__encia
25. correta__e
26. mu__er
27. enca__era
28. ali__erar
29. pane__írico
30. fle__e

31. __utural   33. __esta
32. salva__ismo   34. a__ente

II. Escriba G o J donde corresponda.

1. El __eneral entró en el e__ército muy __oven.
2. __acinto es el le__ítimo heredero según la le__islación vi__ente.
3. Si di__ese que sí, continuaría exi__iendo igual.
4. __ero__ina es el me__or e__emplo de su __eneración.
5. La here__ía se aparta de la reli__ión.
6. No traba__es tanto, te va a dar una apople__ía.
7. No me gusta guardar el automóvil en gara__e a__eno.
8. __enaro, no te reba__es tanto.
9. Hubo pla__io en el libro de biolo__ía.
10. Hay mucha __ente en la relo__ería.
11. Nada más le__ano de lo an__élico que la bru__ería.
12. Planté el esque__e en la tina__a de barro.
13. Nunca me desdi__e de aquellas palabras.
14. Me complace ho__ear un hermoso libro.
15. Sólo __uego al a__edrez.

Normas de la M y de la N

SE ESCRIBE M:	
1. Antes de *b*, *p* y *n:*	ambiguo, ambición, ampolla, campo, amnesia, gimnasia.
Excepciones: Las terceras personas del plural con pronombres enclíticos (*amábannos, rogábannos*); las palabras que lleven los sufijos *in-*, *en-*, *con-* (*innominado, ennegrecido, connotación*); la palabra *perenne*.	

SE ESCRIBE N:	
1. Antes de las demás consonantes:	*canción, intención, ingerencia, inmensidad.*
2. Al final de palabras:	*afán, nación, tartán, ademán.*
	Excepciones: Palabras de origen extranjero, como ídem, curriculum, memorándum, álbum.

133

Normas de la R y de la RR

SE ESCRIBE R:	
1. Al final de sílaba.	*decir, dolor, amar.*
2. A principio de palabra, aunque el sonido sea fuerte:	*rápido, Ramón, repetir.*
3. En todos los demás casos, siempre que el sonido sea suave:	*arena, pareja, tranvía, claro.*

SE ESCRIBE RR:	
1. Para expresar el sonido fuerte entre dos vocales:	*barrizal, burro, carreta, carrera, arreciar, torrencial.*
2. En los compuestos, cuyo primer elemento termina en vocal mientras que el segundo empieza con r:	*pararrayos, pelirrojo, petirrojo.*

Normas de la D y la T

SE ESCRIBEN CON D:	
1. Las palabras que terminan con *-ad* y *-ud:*	*bondad, calidad, virtud, pulcritud.*
2. La segunda persona del singular del modo imperativo:	*poned, cantad, jugad, luchad.*

SE ESCRIBE T:	
1. Antes de *m, n* y *l:*	*atmósfera, aritmética, etnólogo, atleta, atlas.*

Normas de la P

SE ESCRIBE P:	
1. En las palabras que empiezan con *ps-:*	*psicología, psicosis, psique.*
Esta es la norma preferida por la Academia, aunque también puede eliminarse la *p.*	
2. Antes de las consonantes *c, s* y *t:*	*opción, eclipse, excepción, precepto, captar, apto, inepto.*

> **SENTIR**
>
> **Infinitivo:** sentir   **Gerundio:** sintiendo   **Part.:** sentido
>
> **Modo indicativo**
>
> *Pres.:* siento, sientes, siente, sentimos, sentís, sienten.
> *Pret. indef.:* sentí, sentiste, sintió, sentimos, sentisteis, sintieron.
>
> **Modo subjuntivo**
>
> *Pres.:* sienta, sientas, sienta, sintamos, sintáis sientan.
> *Pret. impf.:* sintiera/sintiese, sintieras/sintieses, sintiera/sintiese, sintiéramos/sintiésemos, sintierais/sintieseis, sintieran/sintiesen.
> *Fut. impf.:* sintiere, sintieres, sintiere, sintiéremos, sintiereis, sintieren.
>
> **Modo imperativo**
>
> *Pres.:* siente, sentid.

EJERCICIOS

I. Aplique las normas de ortografía de M, N, R, RR, D, T o P para rellenar los espacios en blanco.

1. i__telige__te
2. balo__pié
3. asu__to
4. tie__po
5. ve__drían
6. díga__les
7. e__fado
8. ca__po
9. corre__
10. co__troversia
11. ta__bor
12. i__ve__to
13. pro__to
14. trajéro__nos
15. Madri__
16. ca__tar
17. cará__ter
18. virtu__
19. __sicosis
20. alu__
21. ecli__se
23. prece__to
24. o__jeción
24. conce__to
25. a__to
26. a__stención
27. ca__cioso
28. á__side
29. abru__to
30. __sicotécnico
31. e__silón
32. he__tágono

33. __esponsable
34. ba__er
35. pa__ed
36. i__eal
37. __amito
38. ba__o
39. E__na
40. __iachuelo
41. aho__os
42. __iqueza

43. a__ancar
44. he__nia
45. a__jetivo
46. contra__eforma
47. a__ambla
48. al__ededor
49. __adiografía
50. a__las
51. altitu__
52. a__monición

II. Escriba M, N, R, RR, D, T o P según convenga.

1. Le i__ploro que ca__bie el e__vío de so__breros y me dé una inde__ización.
2. El para__ayos debe estar pere____emente en el ca__panario.
3. El is__mo es estrecho.
4. El ho__bre peli____ojo fue a la __omería.
5. Te a__vierto que no co____as con la a__bulancia.
6. Esta a__judicación es una buena o__ción.
7. El empleado demostró a__titud y lealta__.
8. Lee__ este libro de __sicología.
9. El aba__ se mostró a__verso a la i__novación.
10. Su __iqueza consiste en sus aho____os.

Normas de la I, Y y LL

SE ESCRIBEN CON I:	
1. Las palabras agudas que terminan con este sonido:	repetí, alhelí, totí, fui, benjuí, maní, ahí.
2. Al comienzo de palabras, cuando este sonido va seguido por consonante:	itinerario, imán, Isabel, Ibiza.

SE ESCRIBEN CON Y:	
1. Las palabras que terminan con el sonido -i, siempre que no esté acentuado.	bocoy, muy, Bombay, ley, rey, hoy, grey, voy, doy.
2. Al comienzo de palabras, cuando este sonido va seguido de vocal:	yacer, yegua, yo, yuca, yugo.
3. Entre dos vocales no acentuadas:	mayor, hoyo, poyo, haya, raya.
4. La conjunción y que sirve para enlazar palabras u oraciones.	blusas, faldas y abrigos. Luisa compró un regalo y después se marchó.
5. Las palabras que empiezan por yer-:	yermo, yerto, yerno, yerra.
6. La sílaba yec:	inyección, proyectar, trayectoria.
7. Las formas verbales que tienen ese sonido, aunque sus infinitivos no se escriban con y ni ll:	poseyera, oyó, huyeron, cayó.
8. Después de los prefijos ad-, dis-, sub-:	adyacente, disyuntor, subyugar, subyacente.

SE ESCRIBEN CON LL:	
1. Las palabras que empiezan por lla-, lle-, llo-, llu-:	llama, llave, llegada, lloraba, lluvia. **Excepciones:** yacer, yate, yegua, yodo, yuca.
2. Las palabras que terminan en -illa, -illo:	rosquilla, pajilla, rodillo, palillo, barquillo.
3. Las palabras que empiezan por fa-, fo-:	falla, fallecimiento, folletín, follaje.

EJERCICIOS

I. Aplique las reglas del uso de I, LL o Y para rellenar los espacios en blanco.

1. faroli____o
2. ____anero
3. __acaré
4. ca____ar
5. __guana
6. all__
7. le__
8. __dioma
9. bue__es
10. __ate
11. o__mos
12. __unta

13. a____anar
14. ho__o
15. pae____a
16. re__
17. dis__untiva

18. __egua
19. pla__a
20. in__ección
21. __acer
22. va__an

II. Escriba en los espacios en blanco Y, I o LL según convenga.

1. La epope__a está escrita en versos __ámbicos.
2. La ____amarada brotaba del dis__untor.
3. Ah__ está su __erno.
4. Te do__ la ____ave, pero cuídala.
5. El cadáver estaba __erto.
6. Ho__ sonó la campani____a.
7. Este es el pro__ecto por el que vo__ a Bomba__.
8. Se o__eron pasos en el fo____aje.
9. Me sub__ugaba su sonrisa bajo la ____uvia.
10. El enemigo hu__ó ante nuestras ba__onetas.

10. EL USO DEL GERUNDIO

El gerundio es una de las formas verbales cuyo uso ocasiona más dificultades. Es impersonal, de igual modo que el infinitivo y el participio. Se forma con la terminación *-ando* en los verbos de la primera conjugación (*-ar*) (*cazar-cazando, parar-parando, rodar-rodando*).

En los de la segunda (*-er*) y tercera (*-ir*) conjugación, el gerundio se forma con la terminación *-iendo* (*comer-comiendo, beber-bebiendo, recibir-recibiendo*). Finalmente, el gerundio de aquellos verbos de la segunda y tercera conjugación, cuyos infinitivos llevan dos vocales juntas cambian la terminación *-iendo* por *-yendo* (*roer-royendo, instruir-instruyendo, creer-creyendo*).

El tiempo indicado por el gerundio es simultáneo con el tiempo de referencia, o inmediatamente anterior a él, nunca puede indicar una acción posterior.

Usos correctos

Veamos los principales usos correctos del gerundio.

1. Cuando el gerundio funciona como adverbio, puede usarse para indicar el modo y la circunstancia en que actúa el verbo.

    Antonio marchó haciendo un saludo militar.
    Sí, tú también has estado perdiendo el tiempo.

2. El gerundio puede denotar una condición, característica o causa.

    Caminando por la ciudad, me encontré con Luis.
    Siendo la mayoría gallegos, se entendieron en su lengua.
    Tendiendo la ropa sobre la hierba, la blanqueamos mejor al sol.

3. El gerundio indica también una actitud de decisión, una acción o un movimiento que se realiza en el tiempo preceptuado por el verbo principal. Por ejemplo:

> *Comprendí sus ideas leyendo a Sartre.*
> *Vi a José sacudiendo una alfombra.*

Pero sería un verdadero dislate decir:

> **Llegó un señor al hotel siendo muy rico.**
> **Me regalaron un perro jugando mucho.**

Se debe decir:

> *Llegó un señor al hotel que es muy rico.*
> *Me regalaron un perro que juega mucho.*

Lea cuidadosamente estos ejemplos, para evitar cometer alguno similar.

> **Recibí un paquete conteniendo clavos.**
> (*Recibí un paquete que contenía clavos.*)
> **Estuve en la conferencia siendo muy animada.**
> (*Estuve en la conferencia, que fue muy animada.*)
> **Le envío la factura conteniendo los precios.**
> (*Le envío la factura que contiene los precios.*)

Usos incorrectos

El gerundio no debe usarse:

1. Para sustituir al nombre común:

> **Sólo hay dos cantando.**
> (*Sólo hay dos personas que cantan.*)
> **Eran sólo dos trayendo los muebles.**
> (*Eran sólo dos los que traían los muebles.*)

2. Para expresar una acción que no ocurre al mismo tiempo que el verbo principal:

> **Fijaron leyes estableciendo impuestos.**
> (*Fijaron leyes que establecían impuestos.*)
> **Tomaron el camino llevando al pueblo.**
> (*Tomaron el camino que llevaba al pueblo.*)

3. Cuando la acción es muy posterior a la del verbo principal.

> **El 1870, el enemigo invadió el país, ganando la guerra tres años después.**
> (*En 1870, el enemigo invadió el país y tres años después, ganó la guerra.*)
> **La disertación fue muy profunda, influyendo en mis ideas.**
> (*La disertación fue muy profunda e influyó en mis ideas.*)

4. Para formar falsas oraciones compuestas yuxtapuestas:

> ***Escribí mi artículo, enviándolo a la revista.***
> (Escribí mi artículo y lo envié a la revista.)
> ***Realizó el libro en un mes, titulándolo «Las arenas del mar.»***
> (Realizó el libro en un mes y lo tituló «Las arenas del mar.»)

5. Generalmente, el gerundio no puede actuar como adjetivo. Por ejemplo:

> ***Se ofrece institutriz hablando inglés.***
> ***Se dictaron leyes estableciendo sanciones.***
> ***Se buscaron jóvenes midiendo 1,70 m.***
> ***Desde Nueva York, informando Pedro Roca.***
> ***No tomes esa agua conteniendo mucho cloro.***

En estos casos, lo correcto es decir y escribir lo siguiente:

> *Se ofrece institutriz que habla inglés.*
> *Se dictaron leyes que establecían sanciones.*
> *Se buscaron jóvenes que midieran 1,70 m.*
> *Desde Nueva York, informó Pedro Roca.*
> *Desde Nueva York, les ha informado...*
> *Informó, desde Nueva York, Pedro Roca.*
> *No tomes esa agua que contiene mucho cloro.*

Ahora bien, esto no impide que haya algunos usos correctos del gerundio como adjetivo. Esto sucede cuando se omite el verbo *estar* u otro similar. Las dos formas son correctas:

> *Sacaron un cazo con agua hirviendo.*
> *Sacaron un cazo con agua que estaba hirviendo.*
> *Pasó un pájaro volando bajo.*
> *Pasó un pájaro que estaba volando bajo.*

6. Además de los casos estudiados, el mayor despropósito que pueda cometerse con el gerundio es su empleo por partida doble:

> ***Estando viendo lo que pasó, sufrió un desmayo.***
> (Viendo lo que pasó, sufrió un desmayo.)
> ***Estando comprando un libro, se acordó de la cita.***
> (Comprando un libro, se acordó de la cita.)

TRAER

Infinitivo: Traer   **Gerundio:** trayendo   **Part.:** traído

Modo indicativo

Pres.: traigo, traes, trae, traemos, traéis, traen.
Pret. impf.: traía, traías, traía, traíamos, traíais, traían.
Pret. indef.: traje, trajiste, trajo, trajimos, trajisteis, trajeron.

TRAER

Fut. impf.: traeré, traerás, traerá, traeremos, traeréis, traerán.
Pot. simple: traería, traerías, traería, traeríamos, traeríais, traerían.

Modo subjuntivo

Pres.: traiga, traigas, traiga, traigamos, traigáis, traigan.
Pret. impf.: trajera/trajese, trajeras/trajeses, trajera/trajese, trajéramos/trajésemos, trajerais/trajeseis, trajeran/trajesen.
Fut. impf.: trajere, trajeres, trajere, trajéremos, trajereis, trajeren.

Modo imperativo

Pres.: trae, traed.

EJERCICIO

I. Reescriba las oraciones donde el gerundio esté mal usado:

1. Luis se marchó tirando la puerta.

2. Se solicita secretaria hablando francés.

3. Estando cazando se rompió una pierna.

4. Conocí España leyendo a Ortega.

5. Actuaron dos aburriendo al público.

6. Abrió la ventana, volviéndola a cerrar.

7. Estudiando Lógica, aprendí a pensar.

8. Llegó el sobre conteniendo facturas.

9. A mis palabras respondió llorando.

10. Recibió una carta comunicándole la buena noticia.

11. EL USO DE CUYO

El empleo de este pronombre relativo es motivo frecuente de confusión. *Cuyo* es un pronombre relativo de carácter posesivo, es decir, que siempre indica la pertenencia de algo con referencia a lo que se ha mencionado. Actúa como adjetivo antes del nombre, con el que concuerda en género y número. La forma masculina es *cuyo* (singular) y *cuyos* (plural), y las femeninas son *cuya* y *cuyas*, respectivamente.

> *El libro, cuyo autor no recuerdo, se me ha extraviado.*
> *Los hijos, cuyos padres juegan con ellos, son más felices.*
> *Las ciudades, cuyas calles se barren con agua, son más sanas.*
> *Los países, cuya riqueza es el petróleo, son muy pocos.*

Por otra parte, los pronombres relativos *el cual, la cual, lo cual,* etc. equivalen al pronombre relativo *que*. Sin embargo, éste sólo puede ser sustituido en las formas adjetivas explicativas. De este modo, será igual decir:

> *Los padres, los cuales desconocían el asunto...*

que:

> *Los padres que desconocían el asunto...*

Pero nunca se podrá decir:

> **Los padres, cuyos desconocían el asunto...**

Veamos otros ejemplos:

INCORRECTO	CORRECTO
Se acercaron dos mujeres, cuyas llevaban sacos sobre la cabeza.	Se acercaron dos mujeres, que llevaban.../las cuales llevaban sacos sobre la cabeza.

INCORRECTO	CORRECTO
Llegó a París, en cuya ciudad pernoctó.	Llegó a París, donde pernoctó. Llegó a París, ciudad en la que... Llegó a París, ciudad donde...
Avísame si vienes, en cuyo caso te esperaré.	Avísame si vienes, que en ese caso te esperaré.
Roberto, cuyos tío y tía...	Roberto, cuyo tío y tía... Roberto, cuyos tíos... Roberto, cuyo tío y cuya tía...
Vio un arbusto, cuyo arbusto era extraño.	Vio un arbusto que era extraño. Vio un arbusto, el cual era... Vio un arbusto extraño.
La fe en Dios, cuya condición es vital para el hombre...	La fe en Dios, condición vital para el hombre...
El libro de este escritor, de cuyo éxito se hablará muchos años.	El libro de este escritor, un éxito del cual se hablará muchos años.
Ese asunto, cuyo yo me ocupo...	Ese asunto del cual me ocupo...
Ese muchacho, que su padre es electricista...	Ese muchacho, cuyo padre es electricista...
Ese traje, que su color es marrón...	Ese traje, cuyo color es marrón...
Llamé a mi suegra, cuya me dijo...	Llamé a mi suegra, la cual me dijo...

TRADUCIR

Infinitivo: traducir   **Gerundio:** traduciendo   **Part.:** traducido

Modo indicativo

Pres.: traduzco, traduces, traduce, traducimos, traducís, traducen.
Pret. impf.: traducía, traducías, traducía, traducíamos, traducíais, traducían.
Pret. indef.: traduje, tradujiste, tradujo, tradujimos, tradujisteis, tradujeron.
Fut. impf.: traduciré, traducirás, traducirá, traduciremos, traduciréis, traducirán.
Pot. simple: traduciría, traducirías, traduciría, traduciríamos, traduciríais, traducirían.

Modo subjuntivo

Pres.: tradujera, tradujeras, tradujera, tradujéramos, tradujerais, tradujeran.
Pret. impf.: tradujera/tradujese, tradujeras/tradujeses, tradujera/tradujese, tradujéramos/tradujésemos, tradujerais/tradujeseis, tradujeran/tradujesen.
Fut. impf.: tradujere, tradujeres, tradujere, tradujéremos, tradujereis, tradujeren.

Modo imperativo

Pres.: traduce, traducid.

VALER

Infinitivo: valer **Gerundio:** valiendo **Part.:** valido

Modo indicativo

Pres.: valgo, vales, vale, valemos, valéis, valen.
Pret. impf.: valía, valías, valía, valíamos, valíais, valían.
Pret. indef.: valí, valiste, valió, valimos, valisteis, valieron.
Fut. impf.: valdré, valdrás, valdrá, valdremos, valdréis, valdrán.
Pot. simple: valdría, valdrías, valdría, valdríamos, valdríais, valdrían.

Modo subjuntivo

Pres.: valga, valgas, valga, valgamos, valgáis, valgan.
Pret. impf.: valiera/valiese, valieras/valieses, valiera/valiese, valiéramos/valiésemos, valierais/valieseis, valieran/valiesen.
Fut. impf.: valiere, valieres, valiere, valiéremos, valiéreis, valieren.

Modo imperativo

Pres.: vale, valed.

EJERCICIO

I. Corrija las oraciones donde los pronombres relativos *cuyo* y *que* estén mal usados:

1. El deportista, cuyo triunfo todos celebran, es africano.

2. Esta es mi tía, en cuya casa duermo los fines de semana.

3. Ese joven, que su profesor es francés, tiene facilidad para los idiomas.

4. Las ballenas, cuya grasa es tan deseada, se están extinguiendo.

5. Dime si se vende, en cuyo caso lo compraré.

6. Ese perfume, que su olor me gusta, es italiano.

7. Este es su abuelo, cuyo abuelo es marino mercante.

8. La tienda, cuyos empleados no son amables, cerrará pronto.

9. Viene de Madrid, en cuya ciudad triunfó.

10. El libro, cuyas páginas están en blanco, debe devolverse.

12. ESCRITURA DE LOS NÚMEROS

¿Qué hacer cuando un número no cabe completo al final de un renglón? En los decimales, ¿se escribe coma o punto? El saber cómo escribir los números resulta muy fácil, una vez que se conocen algunas reglas y las diferencias entre los cardinales, ordinales y partitivos.

Veamos, en primer lugar, estas reglas:

1. Los millones, miles y centenas se separan con un espacio, sin usar ningún signo de puntuación (punto o coma). Por ejemplo: 1 749 239; 4 928; 20 395 271.

2. Los decimales, por pertenecer al sistema métrico decimal, se separan con una coma (4,5; 7,9; 18,2). El uso del punto en este caso es corriente en Inglaterra y Estados Unidos, donde aún se emplean las medidas inglesas (5.3; 2.4; 7.90).

3. Nunca separe los años con una coma. Tampoco escriba el mes antes del día. En español, las fechas se escriben así: primero el día, después el mes y, por último, el año: *4 de mayo de 1889; 29 de marzo de 1903; 16 de octubre de 1984.*

4. En ningún caso se partirán al final de renglón las cifras que componen un número. Si le resulta posible, agregue alguna palabra o elimínela, para ajustar el espacio, de modo que el número quepa completo, o pase al renglón siguiente, también completo.

5. Nunca escriba o diga *uno por cien, ocho por cien* o *cien por cien.* El nombre del número 100 *(ciento)* sólo se apocopa cuando va delante de sustantivo. En los demás casos, se escribe y se dice uno por ciento, ocho por ciento y ciento por ciento.

6. Para designar siglos o sucesión de reyes, papas, etc., se emplearán números romanos. No se escribirá *siglo 17,* sino *siglo XVII; Ricardo 3,* sino *Ricardo III.* Repase estos números para poder emplearlos correctamente.

7. Nunca mezcle palabras con cifras o signos. No se escribe: *10 mil, ocho %, con un %,* etc. Se escribirá: *10.000* o *diez mil; 8%* u *ocho por ciento; con un porcentaje,* etc.

8. Para expresar la hora, se utilizarán dos puntos entre las horas y los minutos: *10:20 h, 23:50 h.* Recuerde que no debe emplear las abreviaturas a.m. y p.m. (ante meridiano y pasado meridiano), porque son vulgarismos. Se escribe *h* (hora), que es el signo internacional moderno para indicar la hora.

Lea cuidadosamente estos números, para poder utilizarlos como corresponde:

CARDINAL		ORDINAL	PARTITIVO	ROMANOS
1	uno	primero		I
2	dos	segundo	mitad	II
3	tres	tercero	tercio	III
4	cuatro	cuarto	cuarto	IV
5	cinco	quinto	quinto	V
6	seis	sexto	sexto	VI
7	siete	séptimo	séptimo	VII
8	ocho	octavo	octavo	VIII
9	nueve	noveno	noveno	IX
10	diez	décimo	décimo	X
11	once	undécimo	onceavo	XI
12	doce	duodécimo	dozavo (doceavo)	XII
13	trece	décimotercero	trezavo (treceavo)	XIII
14	catorce	décimocuarto	catorzavo (catorceavo)	XIV
15	quince	décimoquinto	quinceavo	XV
16	dieciséis	décimosexto	dieciseisavo	XVI
17	diecisiete	decimoséptimo	diecisieteavo	XVII
18	dieciocho	décimooctavo	dieciochoavo	XVIII
19	diecinueve	décimonoveno	diecinueveavo	XIX
20	veinte	vigésimo	veinteavo	XX
21	veintiuno	vigésimo primero	veintiunavo	XXI
22	veintidós	vigésimo segundo	veintidosavo	XXII
23	veintitrés	vigésimo tercero	veintitresavo	XXIII
24	veinticuatro	vigésimo cuarto	veinticuatroavo	XXIV
25	veinticinco	vigésimo quinto	veinticincoavo	XXV
30	treinta	trigésimo	treintavo	XXX
31	treinta y uno	trigésimo primero	treinta y unavo	XXXI
40	cuarenta	cuadragésimo	cuarentavo	XL
50	cincuenta	quincuagésimo	cincuentavo	L
60	sesenta	sexagésimo	sesentavo	LX
70	setenta	septuagésimo	setentavo	LXX
80	ochenta	octogésimo	ochentavo	LXXX
90	noventa	nonagésimo	noventavo	XC
100	cien o ciento	centésimo	centavo	C
101	ciento uno	centésimo primero		CI

CARDINAL		ORDINAL	PARTITIVO	ROMANOS
150	ciento cincuenta	centésimo quincuagésimo		CL
200	doscientos	ducentésimo		CC
300	trescientos	tricentésimo		CCC
400	cuatrocientos	cuadrigentésimo		CD
500	quinientos	quingentésimo		D
600	seiscientos	sexcentésimo		DC
700	setecientos	septingentésimo		DCC
800	ochocientos	octingentésimo		DCCC
900	novecientos	noningentésimo		CM
1000	mil	milésimo		M

SER

Infinitivo: ser **Gerundio:** siendo **Participio:** sido

Modo indicativo

Pres.: soy, eres, es, somos, sois, son.
Pret. impf.: era, eras, era, éramos, erais, eran.
Pret. indef.: fui, fuiste, fue, fuimos, fuistéis, fueron.
Fut. impf.: seré, serás, será, seremos, seréis, serán.
Pot. simple: sería, serías, sería, seríamos, seríais, serían.

Modo subjuntivo

Pres.: sea, seas, sea, seamos, seáis, sean.
Pret. impf.: fuera/fuese, fueras/fueses, fuera/fuese, fuéramos/fuésemos, fuerais/fueseis, fueran/fuesen.
Fut. impf.: fuere, fueres, fuere, fuéremos, fuereis, fueren.

Modo imperativo

Pres.: sé tú, sed vosotros.

EJERCICIOS

I. Use la expresión numérica que corresponde a:

1. El papa Juan veintitrés _____
2. El rey Carlos noveno _____
3. El siglo diecinueve _____

II. Escriba con letras los siguientes números partitivos:

1. 1/8 de kilo _____
2. 1/4 de segundo _____
3. 1/20 de centímetro _____
4. 1/100 de dólar _____

III. Escriba con letras los siguientes números ordinales:

1. Capítulo 12.º _____
2. 13ᵉʳ Congreso _____
3. 18.ª Sesión _____
4. 27.º Encuentro _____
5. 400 Aniversario _____

IV. Escriba con letras los siguientes números cardinales:

1. 13 de junio de 1934 _____

2. 16 de marzo de 1857 _____
3. 27 de octubre de 1941 _____
4. 31 de diciembre de 1984 _____
5. 23 de abril de 1759 _____

V. Corrija los errores que aparecen en las siguientes oraciones:

1. Nació en mayo 15 de 1,962.
   _____

2. El peso total fue de 435-525 toneladas.
   _____

3. La operación sólo rindió el 25 por cien de beneficios.
   _____

4. El papa Pío 12 era italiano.
   _____

5. Por esta autopista pasan 12 mil automóviles por semana.
   _____

13. USO DEL VERBO HABER

HABER

Infinitivo: haber   **Gerundio:** habiendo   **Part.:** habido

Modo indicativo

Pres.: he, has, ha, hemos, habéis, han.
Pret. impf.: había, habías, había, habíamos, habíais, habían.
Pret. indef.: hube, hubiste, hubo, hubimos, hubisteis, hubieron.
Fut. impf.: habré, habrás, habrá, habremos, habréis, habrán.
Pot. simple: habría, habrías, habría, habríamos, habríais, habrían.

Modo subjuntivo

Pres.: haya, hayas, haya, hayamos, hayáis, hayan.
Pret. impf.: hubiera/hubiese, hubieras/hubieses, hubiera/hubiese, hubiéramos/hubiésemos, hubierais/hubieseis, hubieran/hubiesen.
Fut. impf.: hubiere, hubieres, hubiere, hubiéremos, hubiereis, hubieren.

Modo imperativo

Pres.: habe, habed.

¿Hubo o hubieron?

Él ha venido a trabajar, aunque está enfermo.
Habrían vendido la parcela, si la oferta hubiese sido buena.
Yo hubiese hecho algo por ella.

En todas las oraciones anteriores es correcto el uso del verbo *haber,* ya que las conjugaciones concuerdan con el sujeto. Por lo general, no hay dificultades con estas formas verbales.

Habrá observado que en los ejemplos el verbo haber se utilizó como forma auxiliar. En otros casos, cuando no tiene esa función, *haber* se utiliza como verbo impersonal:

Hubo grandes festejos en la sociedad.
Por su culpa, habrá que esperar otra semana.
Hay sólo tres asientos desocupados.

Si ha leído estas frases con atención, habrá notado la ausencia de sujeto (uso impersonal), es decir, se emplea la tercera persona del singular, característica de los verbos impersonales. Es, pues, incorrecto el uso de la tercera persona del plural *(habían, hubieron)* en las formas impersonales.

INCORRECTO	CORRECTO
Hubieron muchas personas en el baile.	Hubo muchas personas en el baile.
Habían peces hermosos en el acuario.	Había peces hermosos en el acuario.
Si no se llega a un acuerdo, habrán guerras y conflictos.	Si no se llega a un acuerdo, habrá guerras y conflictos.
Quizás hayan obstáculos para impedir el tráfico.	Quizás haya obstáculos para impedir el tráfico.

¿Cómo saber cuándo emplear el verbo haber como impersonal? Es muy sencillo. A la hora de escribir o de hablar, haga estas preguntas:

1. ¿Se empleará el verbo haber como auxiliar de un participio? Por ejemplo: *habían bebido, habían estado,* etc.

2. ¿Existe un sujeto expreso, ya esté omitido o no? Por ejemplo: *ella hubo (ellos) habrían llegado.*

3. ¿Se utilizarán otras personas que no sea la tercera del singular? Por ejemplo: *nosotros hemos comido.*

Por último, nunca diga esta frase:

Habemos cinco personas...

En este caso, *habemos* es un barbarismo evidente. Diga:

Estamos cinco personas...
Somos cinco personas...
Hay cinco personas...

¡Recuerde que debe usar sólo la tercera persona del singular de los verbos impersonales!

EJERCICIO

I. Corrija, donde sea necesario, el uso del verbo haber.

1. Hoy ha llegado temprano.

2. Habían más de doscientos estudiantes en el baile.

3. Hubo de todo: risas y lágrimas.

4. En la ciudad siempre hubieron tranvías.

5. Habrían cenado con nosotros, si hubiesen llegado antes.

6. Calculo que habrían unos dos mil volúmenes en la biblioteca.

7. Habemos dos personas en la habitación.

8. Los empleados se habían distinguido por su puntualidad.

9. Nunca hubieron tantos árboles en este parque.

10. No sé si habrán plazas suficientes.

14. USO DEL ADVERBIO

El adverbio es la parte invariable de la oración que modifica el sentido del verbo, del adjetivo o de otro adverbio. Por ejemplo: en las frases *comió mucho, quizás llueva,* los adverbios *mucho* y *quizás* modifican los verbos respectivos; en las expresiones *muy sobrio, excesivamente frío,* los adverbios *muy* y *excesivamente* modifican los adjetivos y en *llegó demasiado temprano,* el adverbio *demasiado* modifica al adverbio *temprano.*

Existen adverbios de lugar, modo, tiempo, orden, cantidad, afirmación, negación, duda y comparación.

Adverbios de lugar

Son adverbios de lugar:

aquí	ahí	allí	acá
allá	acullá	cerca	lejos
donde	adonde	enfrente	delante
atrás	detrás	dentro	fuera
afuera	arriba	abajo	encima
debajo	junto	allende	aquende

Ha de tenerse cuidado con el uso de los adverbios *ahí* y *allí* (lejos), *donde* (con verbo estático) y *adonde* (con verbo de movimiento), *ahí* (cerca) y *aquí* (más cerca), *frente a* (ante), *enfrente* (a la parte opuesta, en pugna) y *delante de* (en lugar anterior a), *abajo* (con verbo de movimiento) y *debajo* (con verbo estático), para evitar incorrecciones. Veamos estos ejemplos:

INCORRECTO	CORRECTO
Ahí te vi por última vez.	Allí te vi por última vez.
El país donde iré...	El país adonde iré...
El hospital donde vamos...	El hospital adonde vamos...
El muelle adonde está atracado el barco...	El muelle donde está atracado el barco...
La tienda adonde compramos los zapatos.	La tienda donde compramos los zapatos.
¿Dónde vas?	¿Adónde vas?
¿Adónde duermes?	¿Dónde duermes?
Me paré enfrente de la casa.	Me paré frente a la casa.
Haces mal en ponerte frente a él.	Haces mal en ponerte enfrente de él.

Al observar los ejemplos anteriores, verá que *ahí* significa «en ese lugar», mientras que *allí* se refiere «a aquel lugar». El adverbio *donde* no indica movimiento y *adonde* expresa movimiento. *Enfrente* es encontrarse «en la parte opuesta»; *frente* es «estar ante algo».

Adverbios de modo

Son adverbios de modo:

bien	mal	gratis
adrede	fuerte	suave
aprisa	deprisa	apenas
así	despacio	alto
bajo	conforme	excepto

También son adverbios de modo las palabras terminadas en *-mente*, como *malamente, buenamente, medianamente, sinceramente, cobardemente, lógicamente*. Cuando se escriben dos o más adverbios, sólo el último conservará el sufijo *-mente*.

INCORRECTO	CORRECTO
Aprendió malamente y torpemente.	Aprendió mala y torpemente.
Pedro comió opíparamente, ávidamente.	Pedro comió opípara y ávidamente.
Me dio el libro de gratis.	Me dio el libro gratis.

Adverbios de tiempo

Son adverbios de tiempo:

temprano	tarde	tempranamente	hoy
ayer	anteayer	presto	pronto
siempre	nunca	jamás	luego
cuando	ya	todavía	mientras
aún	antaño	hogaño	últimamente
antiguamente	recién	mañana	tardíamente

INCORRECTO	CORRECTO
No he terminado aun.	No he terminado aún.
No he visto a Pedro de último.	No he visto a Pedro últimamente.
Recién llegué.	Acabo de llegar.
Recién mañana dan las notas.	Hasta mañana no dan las notas.
Recién te fuiste...	No bien te fuiste...

Adverbios de orden

Son adverbios de orden:

últimamente	primeramente	fuera
sucesivamente	dentro	

INCORRECTO	CORRECTO
A lo último estudiaba Letras.	Últimamente estudiaba Letras.
Dentro el armario...	Dentro del armario.
Estar afuera de concurso...	Estar fuera de concurso...

Adverbios de cantidad

Son adverbios de cantidad:

mucho	poco	bastante
muy	casi	harto
demasiado	medio	tanto
nada	cuanto	

Si bien *mucho, poco, cuanto, tanto* y *harto,* pueden ser adjetivos, delante de mayor, menor, mejor o peor conservan su forma invariable.

INCORRECTO	CORRECTO
Tanta mayor solicitud...	Tanto mayor solicitud...
Cuanta mejor sea su estudio...	Cuanto mejor sea su estudio...
Recibo ahora mucho menos amistades...	Recibo ahora muchas menos amistades...
Media rendida, me acosté.	Medio rendida, me acosté.
Medias muertas de miedo...	Medio muertas de miedo...
En la asamblea había muchos menos mujeres que hombres.	En la asamblea había muchas menos mujeres que hombres.
Compré mucha menor cantidad de tomates.	Compré mucho menor cantidad de tomates.
Cuanto más veces lo pienso, menos deseo ir.	Cuantas más veces lo pienso, menos deseo ir.
Estuvo demasiada enferma.	Estuvo demasiado enferma.
Tan era cierto...	Tanto era cierto... Tan cierto era... Era tan cierto...

Recuerde que estos adverbios funcionan como adjetivos delante de *más* o *menos;* en los demás casos, ejercen su función propia.

Adverbios de afirmación

Son adverbios de afirmación:

cierto	naturalmente	también
ciertamente	verdaderamente	sí (con acento)
realmente		

Use un solo adverbio de afirmación, no sea redundante.

INCORRECTO	CORRECTO
Si de sus ideas nadie oyó palabra, también nadie supo de su vida.	Si de sus ideas nadie oyó palabra, tampoco nadie supo de su vida.
Pedro me dijo que si vendrá esta noche.	Pedro me dio que sí vendrá esta noche.

Adverbios de negación

Son adverbios de negación:

no	nunca	jamás
tampoco	ni	

Nunca use dos adverbios de negación juntos.

INCORRECTO	CORRECTO
Yo también no iré al concierto.	Yo tampoco iré al concierto.
Nunca jamás pensé tal cosa.	Jamás pensé tal cosa.
	Nunca pensé tal cosa.
Jamás antes vi a ese hombre.	Jamás vi a ese hombre.

Adverbios de duda

Son adverbios de duda:

acaso	tal vez	quizá (quizás)

Nunca use dos adverbios de duda juntos.

INCORRECTO	CORRECTO
Acaso quizás venga hoy.	Acaso venga hoy.
	Quizás venga hoy.

Adverbios de comparación

Son adverbios de comparación:

tan	más	menos
mejor	peor	

INCORRECTO	CORRECTO
Menos que la mitad...	Menos de la mitad...
Más peor que él...	Peor que él...
Él es uno de los mejores dotados del instituto.	Él es uno de lo mejor dotados del instituto.
Más que cien personas...	Más de cien personas...

Es necesario tener siempre presente que el adverbio nunca varía, es decir, no sufre modificación de género y número, a diferencia del adjetivo.

Pero recuerde que el adverbio a veces tiene función de adjetivo, entonces concordará con el sustantivo que modifique. Si decimos: *Te demoraste mucho tiempo,* «mucho» modifica al sustantivo «tiempo». Como se trata de un adverbio con función de adjetivo, podríamos variar sin alterar el significado de la oración:

Te demoraste muchas horas, muchos días, muchos meses, muchos años.

Pero si *mucho* es utilizado como adverbio, no podrá sufrir variación alguna. Cuando decimos: *Vivió mucho,* o *vivieron mucho,* el adverbio permanece invariable.

Con frecuencia se suele confundir los adverbios *mucho, cuanto, tanto, poco* con los adjetivos *mucho, -a; poco, -a; cuanto, -a; tanto, -a.* Este es un error que debemos evitar. Es corriente oír:

      Me dio poca menos leche.
O: *Compró mucha más comida.*

Estos ejemplos son correctos, porque aquí los adverbios toman función de adjetivos. En cambio, si decimos *tanta mayor amabilidad* o *mucha peor,* cometemos un error, porque en este caso los adverbios conservan su función. No olvide una regla que le ayudará siempre ante la duda:

mucho poco cuanto tanto harto	+	más menos	=	adjetivos
mucho poco cuanto tanto harto	+	mayor menor mejor peor	=	adverbios

EJERCICIO

I. Corrija el uso del adverbio donde sea necesario.

1. Fui caminando adonde me enviaste.

2. ¿Adónde pasarás la noche?

3. Mi sitio es delante de este señor.

4. Es muy conflictivo, siempre está frente de todos.

5. Te esperaré enfrente del automóvil.

6. Los papeles están debajo de los libros.

7. Vaya usted abajo y abra la puerta.

8. A lo primero, pongamos un poco de orden.

9. Tenemos mucho menos mercancía en el almacén.

10. La encontraron media muerta en la carretera.

11. Sí, efectivamente, tiene usted realmente la razón.

12. Ni tampoco se me habría ocurrido una idea así.

13. Nunca jamás le dirigiré la palabra.

14. Si no viene será más peor para él.

15. Vivieron felices muchos años.

15. USO DE LOS PRONOMBRES LE, LA, LO

En algunas áreas geográficas de nuestro mundo hispanohablante existe un uso de los pronombres personales *le, la, lo* y sus plurales respectivos contrario a las reglas de la sintaxis.

Para realizar la función de complemento indirecto se emplearán siempre *le* (singular) y *les* (plural). Sólo podrán emplearse como complemento directo para sustituir a un masculino de persona.

A su vez, los pronombres personales *lo* y *los* (masculinos) y *la, las* (femeninos) sólo deben emplearse como complementos directos.

Por otra parte, cuando se utiliza *le* y *les* como complemento directo para el femenino de animal o cosa, se incurre en el error llamado *leísmo*.

Observe detenidamente estos ejemplos:

INCORRECTO	CORRECTO
Mi gato se escapó, pero al fin le encontré.	Mi gato se escapó, pero al fin lo encontré.
Cuando entró mi abuela, le llamé.	Cuando entró mi abuela, la llamé.
A mis sobrinas, por supuesto, les nombré.	A mis sobrinas, por supuesto, las nombré.
Le colgué en la pared. (cuadro)	Lo colgué en la pared.
Al vacunarle, el perro ladró.	Al vacunarlo, el perro ladró.
Las compré un regalo.	Les compré un regalo.
Trájelas sus abrigos a las señoras.	Les traje sus abrigos a las señoras.
Lo dije que comprara acciones.	Le dije que comprara acciones.
A Pedro lo vendí un chaleco.	A Pedro le vendí un chaleco.

INCORRECTO	CORRECTO
Yo los traía bombones. (niños)	Yo les traía bombones.
Yo los enseñé Matemáticas. (niñas y niños)	Yo les enseñé Matemáticas.

Si le asalta la duda alguna vez, recuerde estos cuadros:

COMPLEMENTO DIRECTO

	CORRECTO	CORRECTO	INCORRECTO
Sing.	lo	la	le
Plural	los	las	les
	Masculino	Femenino	

COMPLEMENTO INDIRECTO

	CORRECTO	CORRECTO	INCORRECTO
Sing.	le	le	la - lo
Plural	les	les	las - los
	Masculino	Femenino	

VER

Infinitivo: ver   **Gerundio:** viendo   **Part.:** visto

Modo indicativo

Pres.: veo, ves, ve, vemos, veis, ven.
Pret. impf.: veía, veías, veía, veíamos, veíais, veían.
Pret. indef.: vi, viste, vio, vimos, visteis, vieron.
Fut. impf.: veré, verás, verá, veremos, veréis, verán.
Pot. simple: vería, verías, vería, veríamos, veríais, verían.

Modo subjuntivo

Pres.: vea, veas, vea, veamos, veáis, vean.
Pret. impf.: viera/viese, vieras/vieses, viera/viese, viéramos/viésemos, vierais/vieseis, vieran/viesen.
Fut. impf.: viere, vieres, viere, viéremos, viereis, vieren.

Modo imperativo

Pres.: ve, ved.

ALINEAR

Infinitivo: alinear **Gerundio:** alineando **Part.:** alineado

Modo indicativo

Pres.: alineo, alineas, alinea, alineamos, alineais, alinean.
Pret. impf.: alineaba, alineabas, alineaba, alineábamos, alineabais, alineaban.
Pret. indf.: alineé, alineaste, alineó, alineamos, alineasteis, alinearon.
Fut. impf.: alinearé, alinearás, alineará, alinearemos, alinearéis, alinearán.
Pot. simple: alinearía, alinearías, alinearía, alinearíamos, alinearíais, alinearían.

Modo subjuntivo

Pres.: alinee, alinees, alinee, alineemos, alineéis, alineen.
Pret. impf.: alineara/alinease, alinearas/alineases, alineara/alinease, alineáramos/alineásemos, alinearais/alineaseis, alinearan/alineasen.
Fut. impf.: alineare, alineares, alineare, alineáremos, alineáreis, alinearen.

Modo imperativo

Presente: alinea, alinead.

YACER

Infinitivo: yacer **Gerundio:** yaciendo *Participio:* yacido

Modo indicativo

Pres.: yazco, yazgo, yago; yaces, yace, yacemos, yacéis, yacen.

Modo subjuntivo

Pres.: yazca, yazga, yagas; yazcas, yazgas, yagas; yazga, yaga; yazcamos, yazgamos, yagamos; yazcáis, yazgáis, yagáis; yazcan, yazgan, yagan.

Modo imperativo

Pres.: yace o yaz, yaced.

EJERCICIO

I. Corrija el uso de los pronombres LE, LA, LO y sus variantes donde sea necesario.

1. A mis hijas les designé herederas.

2. Les compré regalos a mis sobrinos.

3. Mi libro estaba extraviado, pero al fin le encontré.

4. A María la di el paraguas.

5. Al perseguirle, el gato saltó por la ventana.

6. A mis hijos los enseñé a apreciar el arte.

7. Pasó mi amigo y le llamé.

8. La pegué a la niña por desobediente.

9. Si me regalas esa lámina, la pegaré en mi álbum.

10. No me describas el accidente, pues lo vi desde el balcón.

16. USO DEL PRONOMBRE ENCLÍTICO

El pronombre enclítico es la variante pronominal que, al unirse a un verbo, forma un solo vocablo. Su uso ha venido decayendo con el transcurso del tiempo, hasta el punto de que puede convertirse en un vicio lingüístico su aplicación indiscriminada.

El pronombre enclítico se emplea:

1. Con las formas del infinitivo y del gerundio. Excepción: Cuando un verbo en forma personal precede al infinitivo o al gerundio, se puede separar el pronombre:

    amarla, pretende amarla, la pretende amar

    cambiarlo, consiguió cambiarlo, lo consiguió cambiar

2. De modo obligatorio, en el imperativo:

    rompedlo   apriétalos   díme

3. En el presente del modo subjuntivo, cuando tiene carácter imperativo:

    tráiganle   oigámoslos   despídala

El pronombre enclítico no se emplea:

1. En el presente del modo subjuntivo, cuando tiene carácter imperativo negativo:

    no le traiga   no los oigamos

2. En todas las formas del indicativo o del subjuntivo en el habla culta corriente. Es sólo permisible su uso literario, aunque con extrema prudencia:

dígole, por *le digo*

llamámosla, por *la llamamos*

trajéreme, por *me trajere*

Algunas personas de poca cultura tienen gran dificultad para pronunciar o posponer correctamente estos pronombres. En la Primera Parte, conocimos barbarismos del pronombre como *dígamen, dínolos, amémosno.* También citamos este error tan curioso: *díceselo,* por *díselo.*

¿Por qué utilizan como forma verbal *dice,* que sería el presente del modo indicativo, en lugar del presente del modo imperativo, o incluso el presente del subjuntivo? Analicemos la forma correcta:

díselo

    di   =   presente del imperativo

    +

    se   =   complemento indirecto

    +

    lo   =   complemento directo

Observe que el complemento indirecto va en primer lugar después de la forma verbal. ¿Por qué?

Conozca estas reglas de orden de los pronombres personales átonos, ya sean enclíticos o no:

1. Cuando se emplea *me* junto con otro pronombre átono, *me* ocupa el segundo lugar después de *te, os* y *se:*

se me perdió   *te me fuiste*

En los demás casos, precede al otro pronombre:

me la regalas   *me los das*

2. Cuando se emplea *te* junto con otro pronombre átono, *te* ocupa el primer lugar:

te lo compré   *te las cocí*

Sólo cuando se usa *se, te* ocupa el segundo lugar:

se te fue   *se te durmió*

Por último, recuerde que las formas átonas de los pronombres personales son:

PERSONAS	SINGULAR	PLURAL
1.ª	*me*	*nos*
2.ª	*te*	*os*
3.ª	*se, le, la, lo*	*se les, las, los*

FINANCIAR

Infinitivo: financiar   **Gerundio:** financiando   **Part.:** financiado

Modo indicativo

Pres.: financio, financias, financia, financiamos, financiáis, financian.
Pret. impf.: financiaba, financiabas, financiaba, financiábamos, financiabais, financiaban.
Pret. indef.: financié, financiaste, financió, financiamos, financiasteis, financiaron.
Fut. impf.: financiaré, financiarás, financiará, financiaremos, financiaréis, financiarán.
Pot. simple: financiaría, financiarías, financiaría, financiaríamos, financiaríais, financiarían.

Modo subjuntivo

Pres.: financie, financies, financie, financiemos, financiéis, financien.
Pret. impf.: financiara/financiase, financiaras/financiases, financiara/financiase, financiáramos/financiásemos, financiarais/financiaseis, financiaran/financiasen.
Fut. impf.: financiare, financiares, financiare, financiáremos, financiareis, financiaren.

Modo imperativo

Pres.: financia, financiad.

EJERCICIO

I. Corrija el uso de los pronombres enclíticos donde sea necesario.

1. No sé qué hacer con los zapatos, pues no conseguí devolverles.

2. Dígamen su nombre y apellidos.

3. Quizás no pueda escucharlo hoy.

4. Me se perdió el bolso con las llaves.

5. ¡Cuidado, se te cayó el pañuelo!

6. Saludémosno con amabilidad y cortesía.

7. No le regale ese libro, porque no se lo merece.

8. Llamadla, y acordad una fecha.

9. Ve a la estación y recógelo.

10. Díceselo, y verás cómo se enfada.

17. ALGUNOS CONSEJOS PARA UN BUEN REDACTOR

No todos estamos capacitados para escribir obras literarias. Pero sí podemos redactar con claridad y sencillez una carta, un informe, un ensayo breve o un artículo.

Es común hoy día encontrarse con abogados, ingenieros, médicos —eminentes profesionales en su campo— incapaces de redactar con coherencia, sencillez y brevedad un informe o una carta a sus superiores, pues incurren en errores gramaticales u ortográficos deplorables.

Cuatro requisitos

Por eso, es necesario tener presentes cuatro requisitos esenciales que ayudan a superar esta deficiencia:

1. El dominio de los principios fundamentales de la ortografía y la gramática, que han sido tratados en este libro. Saber cómo utilizar aquellos elementos de redacción, que son imprescindibles a la hora de redactar.

2. Disponer de un vocabulario amplio, rico e idóneo para cada momento. No se recurre a los mismos vocablos en una carta a tía Esperanza, que en un informe para ser leído ante distinguida concurrencia científica. La palabra adecuada, en el momento preciso.

3. Ser conciso; saber sintetizar para evitar el inútil palabreo; esto sólo revela falta de orden, lógica y concentración. ¿Por qué emplear un párrafo completo para algo que puede decirse en una frase?

4. La claridad, que consiste en saber redactar una idea completa, incluyendo los detalles que redondean la frase y facilitan la comprensión. La concisión no debe conducirle a la oscuridad en el enunciado. Pero no olvide lo esen-

cial por temor a escribir en exceso. En cada frase, la idea principal; en cada párrafo, un solo problema. Párrafos con no más de diez líneas; todo el asunto, en pocas cuartillas.

Al fin y al cabo, Einstein formuló su teoría de la relatividad en sólo diecisiete cuartillas.

A la caza de errores. Análisis de un párrafo

> Al objeto de lograr un acuerdo respecto al desarme ayer se han sentado las delegaciones —compuestas por los primeros ministros y los de Relaciones Exteriores— en la conferencia de Ginebra, discutiendo en el salón de la asamblea tópicos de interés general a puerta cerrada.
>
> La última manifestación en relación con la cuestión de favorecer la paz ha sido la marcha de pacifistas y el envío de mensajes, además de otras protestas callejeras, a los jefes de ambos dos gobiernos.
>
> Acaecida en la madrugada, la tragedia, debida a una imprudencia por exceso de velocidad, sorprendió a los viajeros, que dormían a esa hora, mientras sólo el chofer estaba despierto.

Estos son ejemplos de redacción deficiente. Tome un periódico o escuche un noticario. Comprobará que el desorden sintáctico, la impropiedad léxica y la oscuridad en el mensaje, entre otros males, se han convertido en verdaderas plagas.

Analicemos el primer párrafo:

1) Confusión en el orden lógico de los elementos de la oración. Recuerde que lo normal es:

sujeto + verbo + comp. directo + comp. indirecto + comps. circunstanciales.

Las posibles modificaciones de esta sucesión han de ser dictadas por el buen sentido, la armonía y la claridad.

2) *al objeto de* - Es un galicismo que puede evitarse.

3) *las delegaciones* - ¿A qué delegaciones se refiere?

4) *...los de Relaciones Exteriores* - ¿De quiénes habla?

5) *discutiendo* - Mal uso del gerundio.

6) *tópicos de interés general* - Impropiedad en el uso de tópicos. Se quiso decir *temas*. Sin embargo, el propósito de las delegaciones no era discutir temas de interés general, sino uno muy concreto, el desarme. Existe, por tanto, una inexactitud en el mensaje.

7) *a puerta cerrada* - Separación del complemento, que produce anfibología.

8) Todo el párrafo es una oración excesivamente larga.

Una manera correcta de expresar este mensaje sería la siguiente:

> *Ayer, en la conferencia de Ginebra, se reunieron las delegaciones europeas para lograr un acuerdo sobre el desarme. La reunión se celebró a puerta cerrada en el salón de la asamblea. En ella participaron los jefes de gobierno y los ministros de Relaciones Exteriores.*

Analicemos el segundo párrafo:

1) En el segundo párrafo tenemos una muestra de incongruencia. ¿Cómo pueden ser la marcha de pacifistas, el envío de mensajes y las protestas callejeras una última manifestación? Por otra parte, la ignorancia del orden lógico conduce a una ambigüedad en relación con un supuesto envío de protestas a los jefes de gobierno.

2) También podrá observar la cacofonía que se produce al emplear consecutivamente tres palabras terminadas en *-ión: manifestación, relación, cuestión*.

3) Otra incorrección es el empleo de *ambos dos*. Se debe decir ambos a dos, los dos, o mejor: ambos.

Esta oración sería más comprensible así:

> *Las últimas manifestaciones en favor de la paz han sido la marcha de pacifistas, las protestas callejeras y el envío de mensajes a los jefes de ambos gobiernos.*

Analicemos el tercer párrafo:

El tercer párrafo es un cúmulo de datos inconexos que culminan en *despierto conduciendo*. Si el chofer conducía, tenía que estar despierto. A esto se agrega el mal uso del gerundio.

Este párrafo es más sencillo y claro:

> *La tragedia sorprendió a los viajeros, que dormían a esa hora de la madrugada. Se debió a una imprudencia del chofer, quien conducía a exceso de velocidad.*

Errores sintácticos frecuentes

Los errores sintácticos son muy corrientes, pero muchas veces no son advertidos ni siquiera por los receptores cultos. Recordemos algunos de los más frecuentes:

1. Anteposición de la oración subordinada a la principal.

   Que su hija se graduara fue motivo de alegría.

   Porque no tenía apetito dejó la comida intacta.

Lo correcto es:

Fue motivo de alegría que su hija se graduara.

Dejó la comida intacta, porque no tenía apetito.

Sin embargo, conviene tener presente que en ciertos casos sí es permisible esta precedencia de la oración subordinada para dar mayor énfasis a ese punto. Por ejemplo:

Debido a sus complejos, evitaba las actividades sociales.

2. Colocación errónea de los adverbios.

INCORRECTO	CORRECTO
Comentó los hechos de ayer jocosamente.	Comentó jocosamente los hechos de ayer.
Vino acompañada por su madre también.	Vino acompañada también por su madre.
Volvieron a la cuestión que habían ayer aclarado.	Volvieron a la cuestión que habían aclarado ayer.

3. Mal uso de la voz pasiva.

Una ley ha sido propuesta por el Senado para reducir la delincuencia.

Lo correcto es:

Ha sido propuesta por el Senado una ley para reducir la delincuencia.

Se dictará sentencia por el tribunal...

Lo correcto es:

El tribunal dictará sentencia...

Conciertos y bailes han sido ofrecidos por la sociedad cultural...

Lo correcto es:

Han sido ofrecidos conciertos y bailes por la sociedad cultural.

En el plano léxico existen también numerosas dudas que son aclaradas en los próximos capítulos. Entre ellas están las originadas por las preposiciones, los adverbios, los números partitivos y ordinales, las palabras homónimas, parónimas e impropias, etc.

EJERCICIOS

I. Mejore la redacción de las oraciones siguientes.

1. La esperanza y la alegría nunca se debe perder.

2. Es por eso por lo que no me gusta su actitud.

3. Le dijeron de que saliera del autobús a Bogotá con las puertas rotas.

4. Habemos sólo tres personas en uso de vacaciones.

5. Le estamos incluyendo una carta conteniendo información sobre ese tópico.

6. La circular es para conocimiento de las personas concernidas de que no se está pagando prima.

7. Cuando ella se advirtió de que el hombre la seguía, llamó a un policía, con malas intenciones.

8. Se rentó el apartamento pagando una suma considerable.

9. Como amateur ha tenido un gran success bailando tango.

10. Es necesario que te mentalices para superar ese handicap.

11. Mientras andaba caminando por el parque, encontróse de que la gente corría porque se escuchaban disparos.

12. Habiendo jugado un papel en el conflicto, decidió retirarse al objeto de ofertar otra solución.

13. Sube arriba a casa, y dime lo que haiga.

14. Delante mío habían varias personas esperando.

15. Sufrió una severa reprimenda por su reluctancia a trabajar.

II. Reordene las siguientes oraciones cuando sea necesario.

1. Que mi trabajo no fuera aceptado, no me interesa.

2. Porque llegó tarde, se perdió el primer acto.

3. Debido a la inundación, han llegado muchas donaciones.

4. Como no entiendo, no respondo.

5. Por culpa de Paquito, se cayó.

III. Coloque el adverbio donde corresponde.

1. Agradablemente fui sorprendida.

2. Suspendieron el trabajo que habían hoy empezado.

3. Esteban recibió muchos regalos igualmente.

4. Termina tu labor pronto, que se hace tarde.

5. Ha rápidamente recogido todo, y se ha marchado.

IV. Escriba las oraciones siguientes empleando la voz pasiva.

1. Pedro sacó a pasear a su perro Rufo.

2. Teresa estrena un vestido de encaje en el baile.

3. Para hoy al mediodía preparó un budín de castañas.

4. Mi padre me regaló una pulsera por mi cumpleaños.

5. El empleado eleva la instancia a su superior.

6. El mecánico no ha podido arreglar ese coche tan viejo.

7. La compañía teatral realizó una gira con cinco obras.

8. Esperanza llamará mañana a su tía.

9. El presidente recibirá a las delegaciones en palacio.

10. El tribunal dictó penas, multas y sanciones.

V. Emplee la voz activa para reescribir estas oraciones.

1. El objeto extraviado fue devuelto a su dueño.

2. Se ha descubierto una nueva vacuna por científicos ingleses.

3. El herido fue hospitalizado por la policía.

4. El tema fue presentado por el delegado ante el comité.

5. La última puerta ha sido destinada a salida de emergencia.

6. Su creación literaria fue mencionada en la enciclopedia.

7. Se ha publicado un glosario por la editorial.

8. La zanja fue abierta para drenaje del terreno.

9. Se ha prohibido la venta ambulante por el alcalde.

10. La enmienda fue aprobada por los diputados.

18. PLURALES DUDOSOS

En este capítulo estudiaremos palabras con plurales dudosos. Léalas con atención.

1. **Palabras compuestas**

cualquiera	cualesquiera
quitasol	quitasoles
bocacalle	bocacalles
quienquiera	quienesquiera
sordomudo	sordomudos
bocamanga	bocamangas
agridulce	agridulces
bienvenida	bienvenidas
boquiabierto	boquiabiertos
hispanohablante	hispanohablantes
avemaría	avemarías
carilargo	carilargos
portafusil	portafusiles
padrenuestro	padrenuestros
guardameta	guardametas

2. **Palabras que siempre se escriben en plural**

paraguas	añicos
víveres	pararrayos
albricias	exequias
esponsales	enseres
maitines	nupcias
andurriales	pinzas

creces
trabalenguas
viacrucis
cascarrabias
saltamontes
sacacorchos
lavacoches
paracaídas
pisapapeles
quitamanchas
alicates

fauces
mondadientes
cortaplumas
abrelatas
limpiabotas
cuelgacapas
parabrisas
parachoques
portaaviones
salvavidas
rompeolas

3. **Vocablos con plurales especiales (substantivo + substantivo)**

hombres clave
mujeres araña
escuelas modelo
sueldos base
partículas clave

sombreros hongo
coches cama
niños prodigio
hombres rana
cafés cantante

4. **Sustantivos que carecen de plural**

nada
adolescencia
pereza
generosidad

pánico
decrepitud
eternidad
caos

EJERCICIOS

I. Escriba el plural de las palabras siguientes.

1. guardameta   _____
2. agridulce   _____
3. bocacalle   _____
4. boquiabierto   _____
5. cualquiera   _____
6. bienvenida   _____
7. sordomudo   _____
8. hispanohablante   _____
9. padrenuestro   _____
10. quienquiera   _____

II. Escriba el singular de estos nombres, si corresponde.

1. cascarrabias   _____
2. adalides   _____
3. maitines   _____
4. ultramarinos   _____
5. paraguas   _____
6. tejemanejes   _____
7. saltamontes   _____

8. camposantos _____
9. paracaídas _____
10. quitamanchas _____
11. guardabosques _____
12. rompeolas _____
13. salvavidas _____
14. quehaceres _____
15. esponsables _____
16. portaaviones _____
17. nupcias _____
18. tijeras _____
19. pantalones _____
20. pinzas _____

III. Escriba el plural de las expresiones que aparecen a continuación.

1. sueldo base _____
2. mujer araña _____
3. palabra clave _____
4. niña modelo _____
5. café cantante _____
6. coche cama _____
7. hombre rana _____
8. niño prodigio _____
9. sombrero hongo _____
10. partícula clave _____

IV. Busque cinco sustantivos que carezcan de plural y escriba una oración con cada uno.

1. _____

_____

2. _____

_____

3. _____
_____
4. _____
_____
5. _____
_____

19. LA CONCORDANCIA

Como se sabe, concordancia es la correspondencia entre las partes variables de la oración. No son frecuentes los errores en este sentido, aunque es beneficioso conocer las normas que rigen los casos corrientes.

1. Sujeto plural + verbo → verbo en plural:

    Nosotros comimos ensalada.
    Julián y Roberto vinieron juntos.

2. Sujeto + o + sujeto → verbo en singular o plural:

    El practicante o la enfermera inyectan las vacunas.
    El director o el maestro informa a los padres.

3. Nombre colectivo singular → verbo singular:

    La mayoría decidió ir a la huelga.

4. Nombre colectivo singular + complemento especificativo plural → verbo en singular o plural:

    La mayoría de los trabajadores decidió ir a la huelga.
    La mayoría de los trabajadores decidieron ir a la huelga.

5. Sustantivos masculinos y femeninos → adjetivo en masculino y plural:

    Vestía los pantalones y la blusa nuevos.
    La madre y los hijos entristecidos...

6. Sustantivo femenino referido a persona de sexo masculino → concordancia masculina:

    Su Alteza fue vitoreado por el pueblo.

7. Sujeto singular + junto con, además de, así como, etc. + sujeto singular o plural → concordancia en singular o plural:

> *Su enfermedad, así como su penuria económica, le causó una gran depresión.*
> *Su enfermedad, así como su penuria económica, le causaron una gran depresión.*

8. Sustantivo singular o plural + que → forma invariable.

> *Las flores que me regaló eran muy fragantes.*
> *El niño que se cayó es mi hermano.*

9. Sustantivo singular o plural + quien, cual → concordancia en número:

> *Ella fue quien me llamó.*
> *Los niños a quienes regañaron se quejaron al director.*
> *Organizaron un baile, el cual fue muy animado.*
> *Tenía varios pinceles, los cuales eran muy buenos.*

10. Sustantivo singular o plural + cuyo → concordancia en número y género:

> *Mi tía, cuya casa se incendió, envió un telegrama.*
> *Los pupitres, cuyas patas habían sido renovadas, eran seguros.*

Como habrá visto, las dudas y los errores pueden tener orígenes diversos. Además del estudio o repaso de la gramática y la ortografía, es conveniente la práctica constante, la lectura crítica, la audición atenta, para familiarizarse con las formas correctas y aprender a detectar las incorrecciones. En los próximos capítulos trataremos otros vicios del lenguaje, pero ahora realice los ejercicios siguientes para conocer sus posibles dificultades.

EJERCICIOS

I. Escriba en el espacio en blanco el adjetivo que concuerde.

1. Compramos bolsos, cintos y pañuelos _____.
   (italiano)

2. La mayoría de los obreros _____ regresan a su país.
   (extranjero)

3. No me agrada utilizar plumas o lápices _____.
   (ajeno)

4. Tiene enredaderas y árboles muy _____ en su jardín.
   (hermoso)

5. El rebaño de ovejas _____ se perdió en el monte.
   (merino)

II. Escriba el verbo concordante en el espacio en blanco.

1. Mi padre y sus hermanos _____ la cosecha.
   (recoger)

2. Su Majestad fue _____ a visitar Japón.
   (invitar)

3. La pera, junto con la ciruela, _____ mi__ fruta__ preferida.
   (ser)

4. El gallo y las gallinas, cuy__ corral está en el traspatio, _____ a los vecinos.
   (molestar)

5. Las personas afortunadas, a quien____ tocó el premio, _____ a realizar un viaje.
   (ser invitado)

20. NORMAS DE ACENTUACIÓN

PALABRAS AGUDAS

Se escribirá el acento ortográfico:

1. En todas las palabras agudas con más de una sílaba que terminen en *vocal, -n* o *-s:*

    ají
    violín
    jamás

2. Las que reciben el acento en una vocal débil precedida de una fuerte, aunque terminen en consonante que no sea *-n* ni *-s:*

    raíz
    ataúd
    Raúl
    oíd

3. Los infinitivos de los verbos terminados en *-air, -eir* y *oír:*

    reír   *oír*
    desleír   *freír*
    desoír   *engreír*

No se escribirá el acento ortográfico:

1. En todas las palabras agudas que terminen en otras consonantes que no sean *-n* ni *-s:*

    temer
    Madrid
    prohibir

PALABRAS AGUDAS

2. Las palabras monosílabas, con excepción de los casos en que sea necesario para evitar anfibologías:
 	
    fue   *vio*
    dio   *fui*
 	
3. Las palabras terminadas en *-ay, -ey, -oy, -uy*, pues la última letra se considera consonante:
 	
    Uruguay   *convoy*
    Hatuey   *muy*

El acento diacrítico

Se llama acento diacrítico a la tilde que se usa para distinguir dos palabras que se escriben igual, pero que con la presencia o no del acento (´) cambian de significado.

Por ejemplo:

*Debes esforzarte **más**.* (adverbio de cantidad)

*Es una buena persona, **mas** no resulta simpático.* (conjunción adversativa)

Uso del acento diacrítico en los monosílabos

él (pronombre)   *el* (artículo)
    Traje el libro para él.
tú (pronombre)   *tu* (adjetivo posesivo)
    Tú conoces dónde está tu conveniencia.
mí (pronombre)   *mi* (adjetivo posesivo)
    Mi elección fue acertada.
    La llamada es para mí.
dé (verbo dar)   *de* (preposición)
    No le dé oportunidad de escapar.
    El coche de Fernando es antiguo.
sé (ser o saber)   *se* (pronombre personal)
    No sé patinar. Sé amable.
    Esta señora se quejó al administrador.
té (bebida)   *te* (pronombre personal)
    Le gusta el té con limón.
    Te lo dije, pero no me hiciste caso.
más (adverbio de cantidad)   *mas* (conjunción)
    Corre más rápido.
    Me agrada, mas no quiero que lo sepa.
sí (adverbio, pronombre)   *si* (conjunción)
    Sí, eso es cierto.
    Lo guardó para sí.
    Si eres hábil, lo lograrás.

PALABRAS LLANAS

Se escribirá el acento ortográfico:
1. En las palabras graves que terminen en consonante, que no sea *-n* o *-s*:
       ágil   *fácil*
       Alcázar   *carácter*

Excepciones: aprecien, confiemos.

2. En la penúltima vocal débil precedida o seguida de una fuerte: *ai, ei, oi, aú, eú, ía, íe, ío, úa, úe, úo.*
       caída   *día*
       río   *púa*
       dúo   *engreído*

3. En las palabras que terminan en *n* o *s*, si son precedidas por otra consonante.
       fórceps   *tríceps*
       bíceps

No se escribirá el acento ortográfico:
1. En las palabras graves que terminen en *vocal, n* o *s*:
       verbo   *cerrada*
       mientras   *caramba*

2. En la combinación *ui*, pues se considera diptongo:
       huir   *contribuir*
       jesuita   *construido*

Excepciones: casuístico, lingüística (por ser esdrújulas), benjuí (aguda de más de una sílaba que termina en vocal), huía (no hay triptongo).

Uso del acento diacrítico para evitar anfibologías

éste, ésta (pronombres)   *este, esta* (determinativos)

    La ración de pollo es para éste.
    Esta ración es para el niño.

ése, aquél, aquélla   *ese, aquel, aquella*
(pronombres)   (determinativos)

    Ése y aquél me gustan.
    Dame ese vestido y aquel sombrero.

> *Nunca se acentúan esto, eso y aquello.*

sólo (adverbio; solamente)   *solo* (adjetivo; sin compañía)

    He estado sólo en la oficina. (solamente)
    He estado solo en la oficina. (sin compañía)

Nunca se acentúa sola, pues no hay riesgo de anfibología.

aún (adverbio; todavía)   *aun* (adverbio; incluso)

Mi cuñado no ha llegado aún. (todavía)
Aun cuando llege, será inútil. (incluso)

por qué (interrogación)   *porque* (conjunción)

¿Por qué hiciste eso?
Porque consideré que era lo mejor.

PALABRAS ESDRÚJULAS Y SOBREESDRÚJULAS

Todas llevan acento ortográfico, sin excepción:

británico	tráfico
órgano	ágilmente
crítico	célebre

No olvide que *cómo, cuál, quién, qué, dónde, cuándo* y *cuánto* se acentúan si tienen carácter interrogativo, exclamativo o dubitativo.

EJERCICIOS

I. Determine si estas palabras son agudas, llanas, esdrújulas o sobreesdrújulas.

1. después _____
2. párrafo _____
3. orquesta _____
4. trampolín _____
5. primera _____
6. ahíto _____
7. recuérdense _____
8. adición _____
9. fárrago _____
10. fácil _____
11. ligero _____
12. rioplatense _____
13. ortográficamente _____
14. desahucio _____
15. molesto _____
16. continúa _____
17. continua _____
18. cúbico _____
19. cubico _____
20. cubicó _____

II. Escriba dos oraciones en cada caso para practicar el empleo correcto del acento diacrítico.

1. él - el
_____
_____

2. tú - tu
_____
_____

3. sí - si

4. té - te

5. más - mas

III. Emplee el acento diacrítico cuando sea necesario para evitar anfibologías. Escriba oraciones con:

1. aquel - aquél

2. este - éste

3. aun - aún

4. solo - sólo

5. porque - por qué

IV. Coloque el acento ortográfico en las palabras siguientes, si corresponde.

1. caseron
2. espeleologo
3. mandamas
4. rampante

26. baul
27. encontraras
28. fue
29. egoismo

5. tahur
6. valia
7. sobrealimentacion
8. sabelotodo
9. solamente
10. facilmente
11. perone
12. necesidad
13. Moises
14. jamon
15. fragor
16. engreir
17. diaspora
18. denticion
19. ascaride
20. ramillete
21. puntapie
22. pirateria
23. panoramico
24. modulo
25. jejen
30. oblicuo
31. actuan
32. barahunda
33. deshidratar
34. aula
35. averia
36. Mantua
37. tambien
38. dio
39. casuistico
40. batey
41. hispanoamericano
42. tecnico
43. transeunte
44. desigual
45. descarriado
46. conciliabulo
47. veis
48. dieciseis
49. alameda
50. archiduque

V. Escriba acento donde corresponda.

En esto, descubrieron treinta o cuarenta molinos de viento que hay en aquel campo, y asi como don Quijote los vio, dijo a su escudero:

—La ventura va guiando nuestras cosas mejor de lo que acertaramos a desear, porque ves alli, amigo Sancho Panza, donde se descubren treinta, o poco mas, desaforados gigantes, con quien pienso hacer batalla y quitarles a todos la vida, con cuyos despojos comenzaremos a enriquecer, que esta es buena guerra, y es gran servicio de Dios quitar tan mala simiente de sobre la faz de la tierra.

—¿Que gigantes? —dijo Sancho Panza.

—Aquellos que alli ves —respondio su amo— de los brazos largos, que los suelen tener algunos de casi dos leguas.

—Mire vuestra merced —respondio Sancho— que aquellos que alli se parecen no son gigantes, sino molinos de viento, y lo que en ellos parecen brazos son las aspas, que, volteadas del viento, hacen andar la piedra del molino.

—Bien parece —respondio don Quijote— que no estas cursado en esto de las aventuras: ellos son gigantes; y si tienes miedo, quitate de ahi, y ponte en oracion en el espacio que yo voy a entrar con ellos en fiera y desigual batalla.

Y diciendo esto, dio de espuelas a su caballo Rocinante, sin atender a las voces que su escudero Sancho le daba advirtiendole, que, sin duda alguna, eran molinos de viento y no gigantes aquellos que iba a acometer. Pero el iba tan puesto en que eran gigantes, que ni oia las voces de su escudero Sancho, ni echaba de ver, aunque estaba ya bien cerca, lo que eran; antes iba diciendo en voces altas:

—Non fuyades, cobardes y viles criaturas; que un solo caballero es el que os acomete.

Don Quijote, (parte I, cap. VIII)
Miguel de Cervantes Saavedra

21. NORMAS DE PUNTUACIÓN

El uso correcto de los signos de puntuación es motivo de constante debate. Algunas personas llegan a eliminar las comas en sus escritos hasta el punto de que se producen anfibologías o se dificulta extraordinariamente la lectura. Otras, por el contrario, abusan de la coma, lo cual, además de ser innecesario, es antiestético.

Lo cierto es que conviene conocer las normas fundamentales para el uso de estos signos. Después, de acuerdo con nuestro modo de expresión oral y escrita, se colocarán según los dictados de la claridad, la elegancia y la sencillez.

EL PUNTO .

Se emplea:

1. Como punto y seguido al terminar una frase con sentido completo.

    Ha llegado mi hermano de Venezuela.

2. Como punto y aparte para cerrar la última oración de un párrafo.

    ..., y esta es la conclusión a la que hemos llegado.
    Por otra parte, puedo decirle...

3. Después de las abreviaturas, con excepción de las medidas del sistema métrico decimal:

    Sr., D., S.M., pero: m, km, ml

4. Después de cada letra de una sigla, aunque la tendencia es no emplearlos.

    O.N.U., U.N.E.S.C.O.

    También: *OTAN, RFA, FAO*

LA COMA ,

Se emplea:

1. Para separar las partes de una enumeración o serie.
   Trajo periódicos, revistas y semanarios culturales.
   La Física, la Química y las Matemáticas son indispensables para obtener este título.

2. Para separar el vocativo en las frases.
   Juan, dame esa pelota.
   No te olvides, Raquel, de lo que prometiste.
   No se preocupe, señor González.

3. Para separar las frases explicativas que se intercalen en una oración.
   Ayer por la tarde, al filo de las cinco, me llamó por teléfono.
   Mi tía, que es amante de los animales, tiene un cachorro, creo que de raza setter, muy juguetón.

4. Cuando se produce inversión o hipérbaton en el orden natural de las oraciones contenidas dentro de un enunciado.
   Por culpa de la lluvia, no salimos.

5. Para separar oraciones con igual función gramatical, pero que no están enlazadas por conjunción.
   De repente, decidió acudir a la peluquería, ir de compras, invitar a su amigo a cenar y asistir a la representación teatral.

6. Al intercalar aposiciones de nombres.
   Buenos Aires, urbe rioplatense, tiene nueve millones de habitantes.
   Simón Bolívar, el Libertador, nació en Caracas.

7. Delante de las oraciones subordinadas consecutivas, detrás de proposición encabezada por *si* y detrás de proposición subordinada precedente de la principal.
   Sufrió una conmoción tan grave, que perdió la memoria.
   Si llegas temprano, borra la pizarra.
   Como no me ha contestado, no pienso volver a escribirle.

8. Cuando se omite un verbo, para evitar repetición.
   Yo fui a la excursión; Estela, a la playa.

9. Para separar adverbios y locuciones, como *por ejemplo, por último, sin embargo, en realidad, pues, o sea, por consiguiente, es decir, entonces,* etc.

10. Delante de la conjunción y para separar elementos de una enumeración heterogénea o también cuando se trata de oraciones con sujetos distintos.

LA COMA ,

Empezó a limpiar, fue a hacer las compras, dejó sin terminar una costura, y en definitiva, todo salió mal.
La gente de mi pueblo va el domingo a bailar, al cine o de paseo, y en el pueblo vecino acuden también a una piscina cubierta.

EL PUNTO Y COMA ;

Se emplea:

1. Para separar frases largas, relacionadas entre sí. **Excepción:** Cuando van enlazadas por la conjunción *y*, entonces se emplea la coma.

    En cuanto llegó al trabajo, encendió las luces y conectó el aire acondicionado; revisó su agenda del día; comprobó, entonces, que era domingo.

2. Para separar oraciones que indican un hecho y su consecuencia; también delante de las conjunciones adversativas *aunque, pero, mas, sino.*

    Estudió con tenacidad durante todo el curso; sus calificaciones fueron excelentes.
    Había hecho todo lo posible para darle bienestar, alegrías y riqueza; pero al final triunfó el egoísmo.

LOS DOS PUNTOS :

Se emplean:

1. Antes de una enumeración.
    Esto es lo que compró: azúcar, chocolate, café y vino.
2. Antes de una cita textual.
    José Martí dijo: «La patria es ara, y no pedestal.»
3. Cuando una enumeración concluye con un comentario.
    Sangre, sudor y lágrimas: ese fue el precio de la libertad.
4. Después del saludo en una carta.
    Estimado señor González: ...; Querido padre: ...
5. Después de proposición seguida por conclusión o causa de lo anterior.
    Es cierto lo que me habías advertido: es una embustera.

LOS DOS PUNTOS :

6. Después de fórmulas legales en documentos oficiales:
   Certifico: ...
   Hago constar: ...
   Resuelvo: ...

7. Precede a la cita de ejemplos cuando se emplean expresiones como:
   por ejemplo:
   verbigracia:
   a saber:

LOS PUNTOS SUSPENSIVOS ...

Se emplean:

1. Cuando se deja incompleta la frase, ya sea porque se pretende que el lector la complete o por ser muy conocida:
   Ella es muy agradable, pero...
   Quien mal anda...

2. Para expresar o provocar temor, duda o sorpresa:
   Si llega a venir... ¡Prepárate!
   No puedo aconsejarte, pero quizá...
   Magdalena reía, bailaba y cantaba... ¡Y se echó a llorar de repente!

3. Para sustituir al etcétera en una enumeración:
   Había tul, encaje, satén, terciopelo...

4. Como recurso para evitar copiar una cita completa. Pueden emplearse al principio, al final o intercalados:
   «... pensando con espanto en las terribles aventuras de un cadáver, juguete del mar. La noche estaba templada (...) En el fondo del valle se adivinaba la aldea envuelta en la bruma...» (Pío Baroja)

Cuando los puntos suspensivos se intercalan en la cita, van entre paréntesis.

LAS COMILLAS " "

Se emplean:

1. Para señalar citas textuales:
   Sarmiento dijo: «Traigo el puño lleno de verdades.»

LAS COMILLAS " "

2. Para señalar nombres de periódicos, comercios y marcas:
   «La Nación», «La Flor de Borinquen».

3. Para enmarcar palabras extranjeras o empleadas con intención, así como ironías o dichos populares:
   Él es un excelente «gourmet».
   Aquel chico es muy «simpático».
   Respondió: «Del dicho al hecho hay mucho trecho».

4. Para indicar títulos de obras literarias, artísticas o científicas:
   «Guerra y paz»;
   «Las noches de Cabiria»,
   «Fenomenología del espíritu».

Observación: Existe la tendencia a sustituir las comillas por letra cursiva en impresos, cuando se trata de nombres o títulos de obras, periódicos, etc. También para señalar las expresiones del punto 3.

SIGNOS DE INTERROGACIÓN Y DE ADMIRACIÓN ¡! ¿?

1. Se emplean los signos de interrogación al principio y al final de oraciones que expresen pregunta o duda:
   ¿Cómo te llamas?
   Quizá haga buen día, ¿verdad?

2. No se emplean los signos de interrogación cuando la pregunta es indirecta:
   Quisiera saber cómo se las arregla.

3. Se emplean los signos de admiración al principio y al final de oraciones que expresen asombro, admiración, exhortación o énfasis:
   ¡Qué hermosa canción!
   ¡Dios mío!
   ¡Acaba de una vez!

4. Se emplea signo de interrogación al principio y de admiración al final, o viceversa, cuando la oración contiene ambos matices.
   ¿Podría darse algo así!
   ¡Te marcharías por eso?

LOS PARÉNTESIS ( )

Se emplean:

1. Para intercalar o aportar información, como serían las fechas, páginas y capítulos de un libro, lugares, etc.:
   Colón descubrió América (12, octubre, 1942).
   Él nació en La Coruña (Galicia).

2. Para intercalar frases aclaratorias:
   Cuando vengas a visitarme (esta tarde o mañana), traes el cuaderno prometido.
   Observación: Es preferible el empleo de comas.

3. Para aclaraciones diversas y acotaciones en obras de teatro:
   Esta «Weltanschauung» (concepción del mundo) fue sometida a análisis.
   Luisa: (Indignada.) ¿Cómo es posible semejante bajeza?
   María: (Firme.) No daré más explicaciones. (Haciendo mutis). Me marcho ahora mismo.

LA RAYA O PLECA —

Se emplea:

1. Para sustituir paréntesis en frases aclaratorias:
   Es posible —si reúno suficiente información— que realice el trabajo.

2. En los diálogos, al inicio de la frase, sin cerrarla, y cuando se indica la persona que habla, cerrando la aclaración si está intercalada:
   —¿Por qué pretendes ignorar ese hecho? —preguntó él.
   —No lo sé —explicó Hortensia, dejando entrever cierta duda—. Quizá sea miedo.
   —Eso no es excusa.

EL GUIÓN -

Se emplea:

1. Para separar las sílabas de una palabra al final del renglón:
   La ciudad de Maracaibo, junto al lago homónimo...

EL GUIÓN —

2. En palabras compuestas que no forman unidad:
   teórico-práctico,
   hispano-germano,
   técnico-administrativo.

3. Para separar fechas cuando se indica un período:
   1914-1918;
   2, agosto, 1946 - 7, octubre, 1953.

RECUERDE:

— El punto (.) indica una pausa moderada.
— La coma (,) señala una pausa muy breve.
— El punto y coma (;) es la pausa intermedia entre el punto y la coma.
— Los dos puntos (:) indican una pausa de atención para lo que sigue.
— Los puntos suspensivos (...), que son sólo tres, demandan una entonación de espera.
— Los signos de interrogación y de admiración se colocan siempre al principio y al final. Colocarlos sólo al final es propio de otros idiomas.
— Si ha abierto paréntesis, también ha de cerrarlo.
— Practique para colocar correctamente las plecas en los diálogos.
— El guión es más pequeño que la raya o pleca. Evite confundirlo.

EJERCICIOS

I. Coloque los puntos y las comas necesarios en las oraciones siguientes.

1. En la alacena había entre otras cosas café arroz azúcar aceite conservas diversas etc
2. Felisa alcánzame esas tijeras por favor
3. Cuando me llamó a eso de las cinco de la tarde me estaba bañando
4. Yo decidí aceptar el trabajo; él rechazarlo
5. Debido a su enfermedad se suspendió el estreno.
6. El jefe que es muy exigente revisó los expedientes
7. De pronto dieron la alarma de fuego
8. No sé en realidad la causa de su demora
9. Como decidió viajar se fue a comprar los pasajes
10. Carolina tienes que hacer tus deberes poner orden en tu habitación sacar a pasear al perro y por si fuera poco ayudarme a preparar la cena

II. Coloque punto y coma, dos puntos o puntos suspensivos donde sea necesario.

1. El cartel decía «Agotadas las entradas».
2. Él practica natación Rodolfo fútbol.
3. Dime con quién andas
4. Recibió tarjetas, telegramas, cartas
5. Yo, notario de esta ciudad, certifico

6. Hay dos posibilidades, a saber hacerlo hoy o dejarlo para mañana.
7. No tenían botones, pero tal vez
8. El poeta dijo «Quiero, a la sombra de un ala, / Contar este cuento en flor.»
9. Ignoro la causa de tus penas, aunque la intuyo no necesitas decírmela
10. Como empiece a llover ¡Se acabó la fiesta!

III. Escriba aplicando las reglas para el uso de las comillas:

1. Una cita textual.
   _____
   _____

2. Un dicho popular dentro de una oración.
   _____
   _____

3. Los nombres de un periódico, un comercio y una marca.
   _____
   _____

4. Los títulos de una novela, una pintura y una obra científica.
   _____
   _____

IV. Escriba tres oraciones donde emplee los signos de interrogación y otras tres con los signos de admiración.

1. _____
2. _____
3. _____
4. _____
5. _____
6. _____

V. Coloque paréntesis, pleca o guión donde sea necesario.

1. Dime quién ha sido el autor de los disparos —preguntó Enrique—.
   No lo sé —contestó Teresa, con temor—. No insistas.
2. En esa fecha (15, marzo, 1943) nació un niño que llegaría a ser un gran científico.
3. Se ha firmado un acuerdo hispano-francés sobre las exportaciones previstas para el año próximo.
4. Más tarde, cuando llegue mi hermano con los víveres, prepararé la comida.
5. En París (Francia), visité la torre Eiffel.

RESPUESTAS

1. BARBARISMOS

I.
1. radiactivo
2. neurótico
3. toda la gente
4. la dinamo
5. ya que, puesto que
6. ¡ojalá!
7. carillón
8. contrición
9. bacará, bacarrá
10. rehilete
11. paleontólogo
12. ir a casa de, ir a la casa de
13. enfermedad por virus
14. detrás de nosotros
15. persignarse

II.
1. ardentísimo
2. paupérrimo
2. celebérrimo
4. pulquérrimo

III.
1. espurio
2. sedicente
3. torácico
4. berbiquí
5. policromo
6. teleférico
7. el cobayo
8. cuadriga
9. epigrama
10. amedrentar

IV.
1. novecientos
2. treinta y uno
2. undécimo
4. decimoséptimo
5. duodécimo
6. treinta y uno
7. veintiuno

V.
1. humilde
2. espontáneo
3. enclenque
4. perfecto
5. diminutivo

VI.
1. viceversa
2. la coliflor
3. albacora
4. chantaje
5. anaerobio
6. psique
7. Autodidacto
8. cónyuge
9. semáforo
10. raptor
11. tocólogo
12. derrelicto
13. anquilosar
14. cuchichear
15. eructo

214

VII.
1. El orador habló en nombre de los presentes.
2. Estaba parado bajo el dintel de la puerta.
3. Nos encontraremos por la noche con nuestros amigos.
4. Se enfadó hasta el punto de marcharse.
5. A veces me agrada pasear por el bosque.
6. Juanito tiene que examinarse de varias asignaturas.
7. Por cuanto no mostró documentos, no reconocieron su título.
8. Cumplió con su labor a satisfacción de la dirección.
9. Aparte de la ropa que usted trae, no hay otras prendas.
10. Limpiaron la alfombra de lana con la aspiradora.

VIII.
2. ojalá
8. hemiplejía
11. regímenes
17. océano

IX.
1. propio
2. maldito
5. teatro
12. antediluviano
16. dedo
17. quisque
18. Heródoto
19. comedor
21. pararrayos

X.
3. aversión
4. aeropuerto
6. gangrena
7. revelado
8. hidrólisis
9. Gabriel
10. estupefaciente
11. anhídrido
13. mayonesa
14. geranio
15. porcentaje
20. dentífrico
22. antropofagia

XI. Respuesta libre

XII.
1. Al niño le dio una alferecía.
2. Ha volcado toda el agua de la tina.
3. Explícame concretamente en qué consiste el problema.
4. El médico no ha recibido el resultado del análisis.
5. Este vestido ha perdido el color por culpa del sol.
6. ¡Anda, ya están aquí!
7. Ve a la carnicería y tráeme un kilo de hígado.
8. Tiene verdadera aversión al pescado.
9. ¡Muchacho, camina por la acera!
10. Como padece alergia, le han recomendado aerosol.
11. El plural de la letra a es aes.
12. París es una metrópoli internacional.
13. La idiosincrasia de los pueblos americanos difiere de la de los europeos.
14. Padrecito mío, vuelve pronto a casa.
15. Los plantígrados tienen un período de hibernación anual.
16. El profesor hizo una digresión en su conferencia.
17. El paciente sufrió una operación del esófago.
18. Todo el mundo pretende tener un vídeo.
19. El aeroplano aterrizó en el aeródromo.
20. Desde ahora le aseguro que no habrá problemas con su licencia, puesto que ha sido aprobado en el examen.

2. EXTRANJERISMOS

I. Respuesta libre
II. Respuesta libre
III. Respuesta libre
IV. Respuesta libre
V. Respuesta libre
VI. Respuesta libre

215

VII.
1. vaqueros
2. almuerzo, comida, refrigerio, merienda
3. oleoducto
4. surtido, existencias, almacenamiento
5. incursión, asalto, batida
6. explorador
7. espectáculo, número, actuación
8. pluma estilográfica, estilógrafo
9. servicios, retrete, lavabo
10. compensación

VIII.
1. bejuco
2. alpaca
5. tomate
6. papa
8. chacra
9. pampa
10. mandioca
13. aguacate
14. poncho
16. ñandú
18. hule
20. jícara
21. petate
22. yuca
23. petaca
25. choclo
26. mate
27. piragua
29. caníbal
30. colibrí

IX.
1. bizcocho
2. depósito
3. ajuar de novia, equipo
4. aficionado, no profesional
5. ocurrencia, salida
6. cocina de gas
7. chofer, chófer
8. camuflaje
9. miriñaque
10. vino tinto

X.
1. solicitud, petición (anglicismo)
2. talón (anglicismo)
3. cuartel de policía, comisaría, cárcel (anglicismo)
4. establecer la marca (anglicismo)
5. idilio, aventura amorosa (anglicismo)
6. complicado, artificial (anglicismo)
7. institutriz (anglicismo)
8. muy notable (galicismo)
9. fábrica, central eléctrica (galicismo)
10. asombrar, deslumbrar, pasmar (galicismo)
11. matanza (galicismo)
12. mejorar (galicismo)
13. extravagante, caprichoso (galicismo)
14. patriotería (galicismo)
15. paracaidista (galicismo)

XI.
1. No hemos podido satisfacer su pedido por falta de oportunidad.
2. El administrador de esta empresa es muy dinámico.
3. Este talón tiene que ir a compensación.
4. Mi tía Juana vive en el ático.
5. Vamos a pasar el fin de semana en una acampada.
6. El excelente escritor Vargas Llosa habló en la universidad.
7. Ella es apoyada por su padre.
8. El sistema de este tocadiscos es muy complicado.
9. Coloca esta botella de coñac en el centro de la mesa.
10. El mentís de la prensa me pasó inadvertido.
11. Coloca la olla de vapor sobre la cocina de gas.
12. Cuando atravesó la puerta, deslumbró al público que asistía a la sesión de tarde.
13. El golfillo dio un latigazo al pobre perro.
14. Lucrecia se ha comprado una máquina de escribir portátil.
15. Ha tenido un estreno muy notable a costa de gastarse una fortuna.
16. En suma, los diplomáticos no lograron redactar anoche el informe.
17. La exposición está dedicada a obras de arte sescentista.
18. Los ciudadanos comentan en voz baja lo ocurrido ayer.
19. El enamorado se llevó un chasco, porque ella no se asomó a la terraza.
20. El congreso está obligado a discutir este tema.

XII. Respuesta libre

XIII.
1. grupo de influencia
2. aerobús
3. camarógrafo, operador
4. transbordador
5. banda de sonido
6. travelín
7. expediente, legajo
8. sobrefatiga, agotamiento
9. gira
10. distensión
11. trivial
12. ganchillo
13. paradójico
14. anatematizar
15. entresuelo

XIV.
1. ascensorista
2. lanzagranadas
3. evidente, notorio
4. oleoducto
5. autoservicio
6. papel
7. elegante, de moda
8. rufián
9. frigorífico, nevera
10. aficionado
11. salchichería, tienda de embutidos
12. folletín
13. tos ferina
14. está obligado a
15. ravioles

3. ARCAÍSMOS

I. Respuesta libre

II.
1. mucho peor
2. determiné hacer
3. por tanto, por lo tanto
4. muchísimo
5. antes
6. roto
7. estuve a punto de morir
8. traje
9. e ingresó
10. dice que
11. así
12. ahora
13. hidalgo
14. hijo
15. hierro

III.
1. el color
2. el calor
3. el hambre
4. el agua
5. el análisis
6. el enema
7. el puente
8. la cochambre
9. el fantasma
10. el aceite

IV. Respuesta libre

V. Respuesta libre

VI. Respuesta libre

4. IMPROPIEDAD

I.
1. hojear — ojear
2. Asia — hacia
3. cabo — cavo
4. bota — vota
5. ola — hola
6. cierra — sierra
7. zucco — succo
8. alado — halado
9. arca — harca
10. bacilo — vacilo

II. 1. mortalidad
    2. exclusa
    3. expiar
    4. extática
    5. hierro
    6. ápsido
    7. inmoral
    8. salobre
    9. oveja
    10. diferencia
    11. cariar
    12. cotejo
    13. expurgar
    14. sucesión
    15. apóstrofe

III. 1. Trajo la rueca y el *huso* para comenzar a hilar.
        Esta expresión es de *uso* corriente.
     2. Los cazadores han matado un *ciervo* en el bosque.
        Los *siervos* de la gleba sufrían grandes penurias.
     3. Tómate el *té*, porque se te va a enfriar.
        Desconozco lo que *te* dijo, pero lo supongo.
     4. Juan es un verdadero *as* en el deporte de vela.
        ¿Qué *has* hecho con mis guantes?
     5. Ella usa pañales de *desecho* para su hijo pequeño.
        Me he encontrado *deshecho* todo el tejido.
     6. Las *bacantes* bailaban en honor a su dios del vino.
        El cartel dice que no hay plazas *vacantes*.
     7. ¡Caramba, se me han *desmallado* las medias!
        La chica se ha *desmayado* debido a la hipotensión.
     8. La señora empleó a *la aya* inglesa para sus hijos.
        Viajaremos a *La Haya* y a Londres.
        No es posible que él *haya* cometido ese delito.
        Mi abuela se *halla* ahora en el campo.
     9. El *barón* de Beauchamp fue recibido por el rey.
        No hay un solo *varón* en el equipo.
     10. No me agradan los juegos de *azar*.
         La novia llevaba una corona de *azahar*.
         La cocinera ya empezó a *asar* el pato.

IV. 1. contesto   contexto
     2. complemento   cumplimiento
     3. escita   excita
     4. accesible   asequible
     5. sesión   sección
     6. espolio   expolio
     7. afecto   efecto
     8. base   baza
     9. apertura   abertura
     10. aria   haría
     11. infestar   infectar
     12. desecar   disecar
     13. costo   coste
     14. vagido   vahído

V.   1. acera   6. pálido
     2. panteón   7. malsano
     3. umbral   8. relinchar
     4. instar, incitar, invitar   9. sendos
     5. ventana gótica   10. delicia, delicioso

VI. Respuesta libre

VII. 1. senado   4. votas
     2. bazar   5. verás
     3. asta   6. hondear

7. Alhambra
8. vinario
9. recabar
10. cayo

VIII. Respuesta libre

IX. Respuesta libre

X.
1. La bailarina se ha comprado una mantilla con *ondas*.
Como tiene el cabello *blondo* se lo enjuaga con manzanilla.
2. Se erigió un *cenotafio* en honor a los caídos en combate.
Los caídos en combate fueron inhumados en el *panteón* nacional.
3. El caballo *piafaba* de impaciencia.
Todos escuchamos cómo *relinchaba* el potrillo.
4. El mayordomo lo llamó desde el *umbral* de la puerta.
El loro veía la cabeza de todos desde el *dintel* de la ventana.
5. El bardo dedicó un *poema* a su amada.
Este *verso* no rima adecuadamente.
6. El atleta no es *capaz* de saltar tan alto.
Esta norma es *susceptible* de enmienda.
7. No repitas más ese *tópico*.
Los congresistas trataron *temas* de interés nacional.
8. ¿Cuándo vas a *devolver* el libro a la biblioteca?
¿Cuándo vas a *regresar* de la fiesta?
9. Esta injusticia es *patente*.
El cirujano extrajo el corazón aún *latiente*.
La terrible enfermedad estaba *latente*.
10. Por causa de tantos golpes, amaneció *lívido*.
Inmediatamente antes del desmayo, se puso *pálido*.

XI. Respuesta libre

XII.
1. homónimas
2. parónimas
3. parónimas
4. homónimas
5. homónimas
6. homónimas
7. parónimas
8. voces impropias
9. homónimas
10. homónimas
11. homónimas
12. homónimas
13. homónimas
14. parónimas
15. homónimas
16. homónimas
17. voces impropias
18. parónimas
19. parónimas
20. parónimas

XIII.
1. masa — maza
2. u — ¡Hu!
3. haba — aba
4. ato — hato
5. albino — alvino
6. bajilla — vajilla
7. bocear — vocear
8. combino — convino
9. gragea — grajea
10. vegete — vejete

XIV.
1. abrasarse
2. sepa
3. canto
4. taco
5. lecho
6. llama
7. beta
8. hacedera
9. hojalatero
10. cavo

5. SOLECISMOS

I.
1. en relación con
2. ir por
3. le dijo a ella
4. con cadena o sin ella
5. olvidarse de que
6. puede ser que
7. lugares de Colombia
8. venir con esta condición
9. dolor de hígado
10. no obstante su fe

II.
1. proseguir leyendo
2. quedar en casa
3. ir de compras
4. presentar a mi amigo
5. recurrir a mi jefe
6. acordarse de que es domingo
7. trabajar de pie
8. difamar a traición
9. quedaron en salir
10. ocuparse en (con) sus asuntos

III. Respuesta libre

IV.
1. Se sospecha premeditación en el caso del cual le hablé.
2. No debes dejarte guiar sólo por el interés.
3. Mi madre me llamó, porque yo no la visité ayer.
4. El autor de este libro es muy conocido en ese medio.
5. Deja de silbar, o se lo diré a tu padre.
6. Es imposible realizar este ejercicio, si antes no se ha practicado.
7. Los vi en el parque mientras paseaban junto al lago.
8. El remedio de tus males consiste en que los olvides.
9. Le dijeron que podía viajar a ciudades de Italia con coche o sin él.
10. En la carta del restaurante ofrecían vino, cerveza, o ambos.

V. Son solecismos:
1. no obstante a
2. dieciocho centavo
4. hasta tanto nos llaman
6. 50 km a la hora
7. correr en solitario
8. vivir en pobre
9. diferente de
10. ir con el médico

VI.
1. concordancia
2. concordancia
3. régimen
4. construcción
5. régimen
6. concordancia
7. régimen
8. construcción
9. régimen
10. concordancia

VII.
1. tal cual como
2. vendrán a condición de que
3. Navegó a unos 20 nudos por hora.
4. El contrato llegó con esta condición.
5. Tienen varios asuntos que resolver.
6. Hemos decidido quedarnos en casa.
7. Preséntame al director.
8. Se olvidó de venir.
9. Le gusta pasear solo, solitariamente.
10. cuatro veces por mes

VIII.
1. color cálido
2. él y yo estudiamos
3. pantalones y chaquetas oscuros
4. lengua y literatura inglesas
5. la gente se rió
6. la mayoría decidió
7. famosos artistas e intelectuales
8. calles y callejones sinuosos
9. medias y corbata modernas
10. aguamarina preciosa

IX.
1. No iré dado que no me invitaron.
2. ¿Qué hiciste con el pañuelo que te regalé?
3. ¿Qué dices sobre este asunto?
4. Pedro se ríe de él día tras día, porque le tiene envidia.
5. Me quedé con tu cuaderno para copiar la tarea.
6. Al salir, del baile, comenzaron a dicutir y allí fue Troya.
7. Me olvidé de comprar la bicicleta.
8. Le comunicaron que mañana tenía que pagar la cuenta.
9. No quiero saber nada de ella.
10. ¿Venden el perro con cadena o sin ella?

X.
1. Los llamé.
2. Los compraste a José o Le compraste libros.
3. Los llevamos.
4. Le dije.
5. La repitieron.
6. Lo visitaron.
7. Lo dieron al perro o Le dieron pan.
8. Los comieron.
9. Los regalaron a los niños o Les regalaron globos.
10. Las emplearon.

6. VULGARISMOS

I.
1. frente a mí
2. me acuerdo de, recuerdo
3. se te perdió
4. está maldito
5. yo que usted no opinaba
6. en virtud de
7. ir a casa de mi tía
8. en cuanto yo
9. irás sin mí
10. ¡Qué aburrimiento!

II.
1. Siéntate detrás de tu hermano.
2. Marisa quiere pegar calcomanías en la cocina.
3. Señora Dora, puede ser que hoy vaya a casa de su hijo.
4. Hay que saber qué es lo peor y qué es lo mejor.
5. Carlitos descuella por sus calificaciones en el instituto.
6. No confundas la gimnasia con la magnesia.
7. Coloca el florero sobre la mesa camilla.
8. ¡Qué aburrimiento tan grande!
9. El caldo te hará bien para la gripe.
10. Midió la habitación a ojo.
11. A lo mejor habla en mi favor.
12. Decía a tu padre que puede venir a diario.
13. ¡Hoy hace un día bonísimo!
14. Con todo, no me agrada su compañía.
15. Nadie sabe seguro cuándo partirá el tren.

III.
1. yo en su lugar
2. queramos
3. peregrino
4. seguro que
5. ninguno
6. el medio día
7. menos mal
8. aguja
9. fidelísimo
10. fuerza

IV. Respuesta libre

V. Respuesta libre

VI. Respuesta libre

VII.	2.	tiatro	11.	camioneta
	7.	torza	14.	costreñir
	8.	carnecería	15.	ante meridiano
	9.	a cuenta de	17.	restrega
VIII.	2.	teatro	11.	autobús, ómnibus, autocar
	7.	tuerza	14.	constreñir
	8.	carnicería	15.	por la mañana
	9.	por cuenta de	17.	restriega
IX.	Respuesta libre			

7. OTROS MALES DEL LENGUAJE

I. 1. Se alquila casa recién pintada para familia.
    2. Yo hablaba cuando él comía.
    3. Recibí su carta del mes pasado.
    4. Paseando, encontré a tu prima.
       Encontré a tu prima que paseaba.
    5. En su casa, Luis se encontró con María.
       Luis se encontró con María en casa de ella.
    6. Es preciso enseñar las maletas al jefe de aduanas.
    7. Solamente estuvo en el hospital.
    8. Recipiente de metal para horno.
    9. Este es el amigo de Ricardo; el padre de aquél es médico.
       Este es el amigo de Ricardo; el padre de éste es médico.
    10. Lorenzo presenta Fernando a Mario.

II. 1. Dar clases puede significar recibirlas o impartirlas.
    2. Huésped tiene dos acepciones: anfitrión e invitado.

III. Respuesta libre

IV. 1. cocinar   6. abofetear
    2. aludir   7. untar mantequilla
    3. ilusionarse   8. saltar
    4. meterse en política   9. golpear
    5. acallar   10. disgustar

V. Respuesta libre.

VI. 1. Gozaron toda la jornada de un hermoso cielo azul.
    2. Después del tropezón, no dejaba de reiterarle sus excusas.
    3. Mi madre ha tenido que prestarle dinero.
    4. Se ha creado una comisión para proteger el medio (el ambiente).
    5. Cuando el toro le embistió, el torero retrocedió.
    6. Utiliza la escalera de madera para subir al ático.
    7. Me equivoqué a pesar de mi mejor voluntad.
    8. Este hijo me ha colmado de alegrías.
    9. Las personas del accidente fallecieron instantáneamente.
    10. Comió la comida en un santiamén.
    11. Compramos arroz, patatas, carne, legumbres, etc. en el supermercado.
    12. Para llegar a fin de mes, necesito que me adelante el salario
        Para llegar a fin de mes, necesito que me dé un anticipo.
    13. Mi sombrilla es mejor que la tuya.
    14. Si no lo crees, lo puedes ver con tus ojos.
    15. Era un verdadero caos: unos entraban y otros salían.

8. ORTOLOGÍA

I.
1. suá-ve
2. ba-úl
3. ac-túar
4. o-í-do
5. piar
6. san-tuá-rio
7. riá-da
8. sau-mé-rio
9. grú-a
10. de-sáu-cio

La grafía empleada corresponde a la fonética y no a la escritura.

II..
1. remplazar
2. setiembre
3. rempujar
4. rembolsar
5. sétimo
6. restallar
7. setuagésimo
8. restablecer
9. decimosétimo
10. rembolso

III.
1. buénaménte
2. morálménte
3. regulárménte
4. escásaménte
5. símpleménte

9. NORMAS DE ORTOGRAFÍA

Ejercicios de B y V

I.
1. íbamos
2. prever
3. servir
4. rabo
5. abotagar
6. vuestro
7. trébol
8. rogábamos
9. Job
10. subcapitán
11. bordado
12. iba
13. villancico
14. atreverse
15. subtítulo
16. vocero
17. boquita
18. beata
19. vals
20. moribunda
21. valer
22. movilidad
23. bienvenido
24. imbuir
25. ventana
26. barco
27. vorágine
28. trabarse
29. bosque
30. obtener
31. abadía
32. botón
33. abocar
34. atribuir
35. bisílabo
36. babero
37. caber
38. ballesta
39. boquete
40. cabriola
41. suebo
42. rabioso
43. brasero
44. bruñir
45. Babilonia
46. abstenerse
47. avizorar
48. subjuntivo

II.
1. Escribo mi última voluntad en la biblioteca.
2. Tobías es un rabino vivaracho y atrevido.
3. Apreciaba el libro bilingüe de botánica.
4. Compré la bombonera en Venecia la víspera del viaje.
5. Tuvo que disolver la junta de abogados.
6. Empleaba absoluto rigor en la observancia de las leyes.
7. Deseaba volver a vivir en Vizcaya.
8. La ambición del bisnieto supera a la del vizconde.
9. El bebedizo está en aquella botella.

10. La abulia de Basilio me hacer hervir la sangre.
11. El joven de Valladolid habla el bable.
12. Es un bálsamo tibetano.
13. Trabaja en la válvula de la tubería.
14. El albañil colocaba las baldosas.
15. Al sabihondo le gusta exhibir sus conocimientos.
16. Se alzó una gran polvareda.
17. El navegante es precavido.
18. El advenedizo se llenó de oprobio.
19. Nadie me va a privar de mi salvoconducto.
20. Te lo advertí: vuelve a poner levadura.

III.
1. navío
2. veneno
3. vamos
4. vivía
5. avecinar
6. selvático
7. nevar
8. níveo
9. dibujo
10. seviche
11. exacerbar
12. virtual
13. aviso
14. solvencia
15. prebenda
16. probar
17. novia
18. hervido
19. vaya
20. disturbio
21. vengador
22. débil
23. divergencia
24. autoservicio
25. debajo
26. nativo
27. vértebra
28. nubarrón
29. anduve
30. evasor
31. desherbar
32. bicéfalo
33. silbar
34. viceversa

Ejercicios de la X

I.
1. exfoliar
2. axiomático
3. sexo
4. flexionar
5. exmaestro
6. cocción
7. genuflexión
8. exhalar
9. espléndido
10. esófago
11. exhumación
12. esencia
13. exhortación
14. exangüe
15. explícitamente
16. lexicón
17. sexología
18. maximalista
19. facsímile
20. espliego
21. astenia
22. oxálico
23. ozono
24. toxemia

II.
1. El estudiante realizó un examen excelente.
2. El taxista expectoró ruidosamente.
3. La tracción del tractor es escasa.
4. El lexicógrafo se expresa con exactitud.
5. Deben tener cuidado al exportar productos tóxicos.
6. No hay excusa para tu conducta.
7. Es un hombre de complexión robusta.
8. El xilófono es un instrumento de dulce sonido.
9. El exdirector de esta sección se expresó con claridad.
10. Los crímenes políticos siempre son execrables.

Ejercicios de la H

I.
1. hialografía
2. hidroterapia
3. horcón
4. haya
5. hervíboro
6. humanidad
7. Alhambra
8. ahíto
9. hermosura
10. hiato
11. erisipela
12. hexagonal
13. enhebrar
14. ornitorrinco
15. herbáceo
16. hipotálamo
17. hueco
18. oxígeno
19. heraldo
20. hinchar
21. hembra
22. aldehuela
23. halógeno
24. hacienda
25. hola
26. usufructo
27. hocico
28. hospicio
29. mohíno
30. habido
31. ermita
32. heptasílabo
33. erario
34. horario

II.
1. En la redada huyeron los traficantes de opio.
2. Debemos erradicar el ornato innecesario.
3. Lo hemos hospitalizado por la hemorragia.
4. La horchata con hielo es muy sabrosa.
5. La toalla que está en la habitación se mantiene húmeda.
6. La hermana de Herminia padece de hipertensión.
7. Ha habido un accidente en el orfanato.
8. Moisés, el hebreo, ahumó el arenque.
9. Debemos extraer los huesos del osario.
10. El huésped come cacahuetes tendido en la hamaca.
11. El homenaje es hoy.
12. La herencia es para el huérfano.
13. Se ve humo en el horizonte.
14. Lo operaron del hipotálamo.
15. Debe ahorrar la harina.

Ejercicios de C, S o Z

I.
1. decencia
2. pureza
3. reyezuelo
4. pertenecer
5. cabezazo
6. locutorio
7. rasgo
8. actitud
9. hacer
10. conduzco
11. expandir
12. bonísimo
13. pez
14. lucecilla
15. uncir
16. pacto
17. cochecito
18. convencer
19. conversión
20. lazo
21. tolerancia
22. lección
23. partición
24. panacea
25. mestizo
26. rojizo
27. cenáculo
28. alharaca
29. luzca
30. teloncito
31. extracción
32. raíz
33. piececito
34. relación
35. prestancia
36. precisión

II. 1. Príncipe azteca no mudó su expresión.
    2. La dolencia de Rodríguez se debió al cigarro.
    3. Las raíces de Zenaida están en Extremadura.
    4. Conducir parece fácil, pero no lo es.
    5. La ciudad estaba sucísima.
    6. Lucrecia vio renacer sus esperanzas.
    7. Procura tener más actividad y evitar la inacción.
    8. Núñez ha visto descender el valor de sus acciones.
    11. Necesitamos mayor precisión y eficacia.
    10. El mozuelo puso los chorizos a asar.
    11. Usaba americanismos en la conversación.
    12. El pececito evitó el anzuelo.
    13. Le pegaron un tomatazo al bromista.
    14. Mi novia es lindísima.
    15. Aunque parezca agradable, evite su conversación.

Ejercicios de G y J

I. 1. geografía   18. germen
    2. gato   19. hegemonía
    3. carcaj   20. plumaje
    4. jabón   21. conserjería
    5. pasaje   22. tajo
    6. germinación   23. juventud
    7. reloj   24. agencia
    8. esponjar   25. corretaje
    9. leguleyo   26. mujer
    10. ejercitar   27. encajera
    11. logia   28. aligerar
    12. agio   29. panegírico
    13. pájaro   30. fleje
    14. lejía   31. gutural
    15. canjear   32. salvajismo
    16. ambages   33. gesta
    17. enálage   34. agente

II. 1. El general entró en el ejército muy joven.
    2. Jacinto es el legítimo heredero según la legislación vigente.
    3. Si dijese que sí, continuaría exigiendo igual.
    4. Georgina es el mejor ejemplo de su generación.
    5. La herejía se aparta de la religión.
    6. No trabajes tanto, te va a dar una apoplejía.
    7. No me gusta guardar el automóvil en garaje ajeno.
    8. Jenaro, no te rebajes tanto.
    9 Hubo plagio en el libro de biología.
    10. Hay mucha gente en la relojería.
    11. Nada más lejano de lo angélico que la brujería.
    12. Planté el esqueje en la tinaja de barro.
    13. Nunca me desdije de aquellas palabras.
    14. Me complace hojear un hermoso libro.
    15. Sólo juego al ajedrez.

Ejercicios de M, N, R, RR, D, T o P

I. 1. inteligente   3. asunto
    2. balompié   4. tiempo

5. vendrían
6. díganles
7. enfado
8. campo
9. corren
10. controversia
11. tambor
12. invento
13. pronto
14. trajéronnos
15. Madrid
16. cantar
17. carácter
18. virtud
19. psicosis
20. alud
21. eclipse
23. precepto
24. objeción
25. apto
26. abstención
27. capcioso
28. ábside
29. abrupto
30. psicotécnico
31. epsilón
32. heptágono
33. responsable
34. barrer
35. pared
36. irreal
37. ramito
38. barro
39. Etna
40. riachuelo
41. ahorros
42. riqueza
43. arrancar
44. hernia
45. adjetivo
46. contrarreforma
47. arramblar
48. alrededor
49. radiografía
50. atlas
51. altitud
52. admonición

II.
1. Le imploro que cambie el envío de sombreros y me dé una indemnización.
2. El pararrayos debe estar perennemente en el campanario.
3. El istmo es estrecho.
4. El hombre pelirrojo fue a la romería.
5. Te advierto que no corras con la ambulancia.
6. Esta adjudicación es una buena opción.
7. El empleado demostró aptitud y lealtad.
8. Leed este libro de psicología.
9. El abad se mostró adverso a la innovación.
10. Su riqueza consiste en sus ahorros.

Ejercicios de I, Y o LL

I.
1. farolillo
2. llanero
3. yacaré
4. callar
5. iguana
6. allí
7. ley
8. idioma
9. bueyes
10. yates
11. oímos
12. yunta
13. allanar
14. hoyo
15. paella
16. rey
17. disyuntiva
18. yegua
19. playa
20. inyección
21. yacer
22. vayan

II.
1. La epopeya está escrita en versos yámbicos.
2. La llamarada brotaba del disyuntor.
3. Ahí está su yerno.
4. Te doy la llave, pero cuídala.
5. El cadáver estaba yerto.
6. Hoy sonó la campanilla.

7. Este es el proyecto por el que voy a Bombay.
8. Se oyeron pasos en el follaje.
9. Me subyugaba su sonrisa bajo la lluvia.
10. El enemigo huyó ante nuestras bayonetas.

10. EL USO DEL GERUNDIO

2. Se solicita secretaria que hable francés.
3. Mientras cazaba se rompió una pierna.
5. Actuaron dos payasos que aburrieron al público.
6. Abrió la ventana y la volvió a cerrar.
8. Llegó el sobre que contiene las facturas.
10. Recibió una carta en la que se le comunicaba la buena noticia.

11. EL USO DE CUYO

3. Ese joven, que tiene un profesor de francés, tiene facilidad para los idiomas.
5. Dime si se vende, que en ese caso lo compraré.
6. Ese perfume, cuyo olor me gusta, es italiano.
7. Este es su abuelo, que es marino mercante.
8. Viene de Madrid, donde triunfó.

12. ESCRITURA DE LOS NÚMEROS

I.
1. El papa Juan XXIII.
2. El rey Carlos IX.
3. El siglo XIX.

II.
1. Un octavo de kilo.
2. Un catorzavo de segundo.
3. Un veinteavo de centímetro.
4. Un centavo de dólar.

III.
1. Capítulo duodécimo.
2. Decimotercer Congreso.
3. Decimooctava Sesión.
4. Vigésimo séptimo encuentro.
5. Cuadrigentésimo Aniversario.

IV.
1. Trece de junio de mil novecientos treinta y cuatro.
2. Dieciséis de marzo de mil ochocientos cincuenta y siete.
3. Vintisiete de octubre de mil novecientos cuarenta y uno.
4. Treinta y uno de diciembre de mil novecientos ochenta y cuatro.
5. Veintitrés de abril de mil setecientos cincuenta y nueve.

V.
1. Nació el 15 de mayo de 1962.
2. El peso total fue de 435 525 toneladas.
3. La operación sólo rindió un 25% de beneficios.
4. El papa Pío XII era italiano.
5. Por esta autopista pasan 12 000 automóviles por semana.

13. USO DEL VERBO HABER

2. Había más de doscientos estudiantes en el baile.
4. En la ciudad siempre hubo tranvías.
6. Calculo que habría unos dos mil volúmenes en la biblioteca.

7. Somos dos personas en la habitación.
9. Nunca hubo tantos árboles en este parque.
10. No sé si habrá plazas suficientes.

14. USO DEL ADVERBIO

2. ¿Dónde pasarás la noche?
4. Es muy conflictivo, siempre está enfrente de todos.
5. Te esperaré frente al automóvil.
8. Primeramente pongamos un poco de orden.
9. Tenemos muchas menos mercancías en el almacén.
10. La encontraron medio muerta en la carretera.
11. Efectivamente, tiene usted la razón.
12. Tampoco se me habría ocurrido una idea así.
13. Jamás le dirigiré la palabra.
14. Si no viene será peor para él.

15. USO DE LOS PRONOMBRES LE, LA, LO

1. A mis hijas las designé herederas.
3. Mi libro estaba extraviado, pero al fin lo encontré.
4. A María le di el paraguas.
5. Al perseguirlo, el gato saltó por la ventana.
6. A mis hijos les enseñé a apreciar el arte.
7. Pasó mi amigo y lo llamé.
8. Le pegué a la niña por desobediente.

16. USO DEL PRONOMBRE ENCLÍTICO

1. No sé qué hacer con los zapatos, pues no conseguí devolverlos.
2. Dígame su nombre y apellidos.
4. Se me perdió el bolso con las llaves.
6. Saludémonos con amabilidad y cortesía.
7. No le regale ese libro, porque no se lo merece.
10. Díselo, y verás cómo se enfada.

17. ALGUNOS CONSEJOS PARA UN BUEN REDACTOR

I. 1. La esperanza y la alegría nunca se deben perder.
2. Por eso no me gusta su actitud.
3. Le dijeron que saliera del autobús con las puertas rotas, destinado a Bogotá.
Le dijeron que saliera del autobús destinado a Bogotá, pues tenía las puertas rotas.
4. Sólo tres personas disfrutan de vacaciones.
Hay sólo tres personas que gozan de vacaciones.
5. Incluimos una carta que contiene información sobre ese tema.
6. La circular informa a quien corresponde que no se paga prima.
7. Cuando ella advirtió que el hombre la seguía con malas intenciones, llamó a un policía.
8. Se alquiló el apartamento por una suma considerable.
9. Ha tenido gran éxito como bailarín aficionado de tango.
10. Es necesario que te persuadas de la necesidad de superar ese vicio.

11. Mientras caminaba por el parque, se encontró con que la gente corría porque se oían disparos.
12. Tras desempeñar un papel en el conflicto, decidió retirarse para poder ofrecer otra solución.
13. Sube a casa, y dime lo que sucede.
14. Había varias personas esperando delante de mí.
15. Sufrió una seria reprimenda por su renuncia a trabajar.

Observación: Las soluciones de este ejercicio deben verse a modo de ejemplos. Son posibles otras frases correctas.

II. 1. No me interesa que mi trabajo no fuera aceptado.
    2. Se perdió el primer acto, porque llegó tarde.
    5. Se cayó por culpa de Paquito.

III. 1. Fui sorprendida agradablemente.
    2. Suspendieron el trabajo que habían empezado hoy.
    3. Esteban recibió igualmente muchos regalos.
    4. Termina pronto tu labor, que se hace tarde.
    5. Ha recogido rápidamente todo, y se ha marchado.

IV. 1. El perro Rufo fue sacado a pasear por Pedro.
    2. Un vestido de encaje fue estrenado por Teresa en el baile.
    3. Ha sido preparado un budín de castañas para hoy al mediodía.
    4. Me ha sido regalada una pulsera por mi padre para mi cumpleaños.
    5. Ha sido elevada la instancia por el empleado a su superior.
    6. No ha podido ser arreglado por el mecánico ese coche tan viejo.
    7. Ha sido realizada una gira con cinco obras por la compañía teatral.
    8. Se llamará mañana a la tía de Esperanza.
    9. Las delegaciones serán recibidas en palacio por el presidente.
    10. Han sido dictadas penas, multas y sanciones por el tribunal.

V. 1. Se devolvió el objeto extraviado a su dueño.
    2. Científicos ingleses han descubierto una nueva vacuna.
    Observación: La forma pasiva es incorrecta en esta frase.
    3. La policía hospitalizó al herido.
    4. El delegado presentó el tema ante el comité.
    5. Se destina la última puerta a salida de emergencia.
    6. Se mencionó su creación literaria en la enciclopedia.
    7. La editorial publicó un glosario.
    8. Se abrió la zanja para drenaje del terreno.
    9. El alcalde ha prohibido la venta ambulante.
    Observación: La forma pasiva es incorrecta en esta frase.
    10. Los diputados aprobaron la enmienda.

18. PLURALES DUDOSOS

I. 1. guardametas
    2. bocacalles
    3. cualesquiera
    4. sordomudos
    5. padrenuestros
    6. agridulces
    7. boquiabiertos
    8. bienvenidas
    9. hispanohablantes
    10. quienesquiera

II. 1. No tiene
    2. adalid
    3. No tiene
    4. ultramarino
    5. No tiene
    6. tejemaneje
    7. No tiene
    8. camposanto
    9. No tiene
    10. No tiene
    11. guardabosque
    12. No tiene

　　　　13. No tiene
　　　　14. No tiene
　　　　15. quehacer
　　　　16. No tiene
　　　　17. No tiene
　　　　18. No tiene
　　　　19. pantalón
　　　　20. No tiene

III. 　1. sueldos base
　　　2. palabras clave
　　　3. cafés cantante
　　　4. hombres rana
　　　5. sombreros hongo
　　　6. mujeres araña
　　　7. niñas modelo
　　　8. coches cama
　　　9. niños prodigio
　　　10. partículas clave

IV. Respuesta libre

19. LA CONCORDANCIA

I. 　1. italianos
　　2. extranjeros
　　3. ajenos
　　4. hermosos
　　5. negras

II. 　1. recogen
　　2. invitado (sexo masculino) o invitada (sexo femenino)
　　3. es mi fruta preferida, o son mis frutas preferidas
　　4. cuyo corral... molestan
　　5. a quienes... fueron invitadas...

20. NORMAS DE ACENTUACIÓN

I. 　1. aguda
　　2. esdrújula
　　3. llana
　　4. aguda
　　5. llana
　　6. llana
　　7. esdrújula
　　8. aguda
　　9. esdrújula
　　10. llana
　　11. llana
　　12. llana
　　13. sobreesdrújula
　　14. llana
　　15. llana
　　16. llana
　　17. llana (excepción)
　　18. esdrújula
　　19. llana
　　20. aguda

II. Respuesta libre.

III. Respuesta libre.

IV. 　1. caserón
　　2. espeleólogo
　　3. mandamás
　　4. rampante
　　5. tahúr
　　6. valía
　　7. sobrealimentación
　　8. sabelotodo
　　9. solamente
　　10. fácilmente
　　11. peroné
　　12. necesidad
　　13. Moisés
　　14. jamón
　　15. fragor
　　16. engreír
　　17. diáspora
　　18. dentición
　　19. ascáride
　　20. ramillete
　　21. puntapié
　　22. piratería
　　23. panorámico
　　24. módulo
　　23. jején
　　26. baúl
　　27. encontrarás
　　28. fue
　　29. egoísmo
　　30. oblicuo
　　31. actúan
　　32. barahúnda

33. deshidratar
34. aula
35. avería
36. Mantua
37. también
38. dio
39. casuístico
40. batey
41. hispanoamericano
42. técnico
43. transeúnte
44. desigual
45. descarriado
46. conciliábulo
47. véis
48. dieciséis
49. alameda
50. archiduque

V. En esto, descubrieron treinta o cuarenta molinos de viento que hay en aquel campo, y así como don Quijote los vio, dijo a su escudero:
—La ventura va guiando nuestras cosas mejor de lo que acertáramos a desear, porque ves allí, amigo Sancho Panza, donde se descubren treinta, o poco más, desaforados gigantes, con quien pienso hacer batalla y quitarles a todos la vida, con cuyos despojos comenzaremos a enriquecer, que ésta es buena guerra, y es gran servicio de Dios quitar tan mala simiente de sobre la faz de la tierra.
—¿Qué gigantes? —dijo Sancho Panza.
—Aquellos que allí ves —respondió su amo— de los brazos largos, que los suelen tener algunos de casi dos leguas.
—Mire vuestra merced —respondió Sancho— que aquellos que allí se parecen no son gigantes, sino molinos de viento, y lo que en ellos parecen brazos son las aspas, que, volteadas del viento, hacen andar la piedra del molino.
—Bien parece —respondió don Quijote— que no estás cursado en esto de las aventuras: ellos son gigantes; y si tienes miedo, quítate de ahí, y ponte en oración en el espacio que yo voy a entrar con ellos en fiera y desigual batalla.
Y diciendo esto, dio de espuelas a su caballo Rocinante, sin atender a las voces que su escudero Sancho le daba advirtiéndole, que, sin duda alguna, eran molinos de viento y no gigantes aquellos que iba a acometer. Pero él iba tan puesto en que eran gigantes, que ni oía las voces de su escudero Sancho, ni echaba de ver, aunque estaba ya bien cerca, lo que eran; antes iba diciendo en voces altas:
—Non fuyades, cobardes y viles criaturas; que un solo caballero es el que os acomete.

21. NORMAS DE PUNTUACIÓN

I. 1. En la alacena había, entre otras cosas, arroz, azúcar, aceite, conservas diversas, etc.
2. Felisa, alcánzame esas tijeras, por favor.
3. Cuando me llamó, a eso de las cinco de la tarde, me estaba bañando.
4. Yo decidí aceptar el trabajo; él, rechazarlo.
5. Debido a su enfermedad, se suspendió el estreno.
6. El jefe, que es muy exigente, revisó los expedientes.
7. De pronto, dieron la alarma de fuego.
8. No sé, en realidad, la causa de su demora.
9. Como decidió viajar, se fue a comprar los pasajes.
10. Carolina, tienes que hacer tus deberes, poner orden en tu habitación, sacar a pasear al perro y, por si fuera poco, ayudarme a preparar la cena.

II. 1. El cartel decía: «Agotadas las entradas».
2. Él practica natación; Rodolfo, fútbol.
3. Dime con quién andas...
4. Recibió tarjetas, telegramas, cartas...
5. Yo, notario de esta ciudad, certifico:
6. Hay dos posibilidades, a saber: Hacerlo hoy o dejarlo para mañana.
7. No tenían botones, pero tal vez...
8. El poeta dijo: «Quiero, a la sombra de un ala, / Contar este cuento en flor.»

9. Ignoro la causa de tus penas, aunque la intuyo; no necesitas decírmela.
10. Como empiece a llover... ¡Se acabó la fiesta!

III. Respuesta libre

IV. Respuesta libre

V. 1. —Dime quién ha sido el autor de los disparos —preguntó Enrique.
   —No lo sé —contestó Teresa, con temor—. No insistas.
2. En esa fecha (15, marzo, 1943) nació un niño que llegaría a ser un gran científico.
3. Se ha firmado un acuerdo hispano-francés sobre las exportaciones previstas para el año próximo.
4. Más tarde —cuando llegue mi hermano con los víveres— prepararé la comida.
5. En París (Francia), visité la torre Eiffel.